新　潮　文　庫

懲　戒　の　部　屋

自選ホラー傑作集　1

筒　井　康　隆　著

新　潮　社　版

6982

目次

懲戒の部屋

自選ホラー傑作集 1

走る取《と》り的《てき》

それは副都心の裏通りにある小さなバーであって、学生時代にはいつも友人とつれ立って飲みにきたバーであって、だから値段も学生相応で、値段相応にうす汚いバーだから、会社員になってからは一度も来たことがなかった。しかしその夜はたまたま同窓生だった亀井《かめい》と一緒だったし、待ちあわせたのがその近くの喫茶店だったししたので、久しぶりにこのスタンド・バー「おなみ」に寄ったのだ。ママのおなみさんはちっとも変っていず、あいかわらず年齢《とし》相応の下品さで客を喜ばせていた。スタンド・バーといっても片側には小さなテーブルがふたつあり、おれと亀井は奥の方のテーブルに向きあって腰をかけ、ソーダ割りウイスキーを飲みながら同窓会の打ちあわせをした。客は八分《ぶ》強の入りで、つまりカウンターの八脚の椅子《いす》は満席でふたつのテーブルのうちひとつをおれたちが占領しているので八分強という計算になるのだが、これは最近の不景気風を勘定に入れずとも、まだ七時半頃の「おなみ」としては上上の客数であろう。うす暗い店内に干魚を焼く匂《にお》いがこもっていた。

「松尾はどうしてる」打ちあわせが終るとどうしても話は同窓生たちがその後どういう人生航路をとって進みはじめているかという情報の交換になる。

「三友造船を受けたが駄目で、まあ相当強力なコネでだめだったんだから、ほかを受けても駄目ってことは知っていたんだろうな、どこも受けなくて、それで今、親《おや》父《じ》さんの商売を手伝ってる」

「スーパーだったな」

「スーパーだ。専務だ。最近肥《ふと》りはじめているよ。相撲とりみたいになってる」そういってから、うははははと亀井は笑った。

　空手二段の亀井は、小柄で痩《や》せぎすで運動神経も鈍くてスポーツマンシップなどとはおよそ縁のないおれとは、体格も性格も対照的である。

「あの松尾が相撲とりみたいになったら、おかしな具合だろうなあ」おれも亀井に調子をあわせ、まあ、こういうところがおれの軽薄なところなのだが、せいいっぱい豪快にうはははははと笑ってみせた。

　グラスをとって口へ近づけようとした時、おれは一瞬眼の隅に誰かの鋭い視線を捕えた。ひと口飲んでから視線の主を求め、あらためて店内を見まわすと、入口のすぐ横の、カウンターのいちばん隅の止り木にかけて飲んでいる、ひとりの相撲とりの巨大な肉体が眼にとまり、おれはぎくりとした。幕下力士らしいその相撲とりは、おれたちの方へ七分ほど顔を向け、しかし眼球だけはまともにおれに向けていた。凝視していた。そんな客がいつ頃からそこにいたのかおれは気がつかなかったし、だいたいその取的がこの「おなみ」の馴染《なじみ》客なのか、それとも値段が安そうだと見当をつけて入ってきた飛び込みの客なのかもおれは知らなかった。どうやらひとりで来ているらしく誰とも話をせず、隅でひとりで飲んでいたので今まで気がつかなかったのだろう、と、おれは思った。

「おい。亀井」取的がまだおれの方を見つめ続けているので、おれは笑顔を崩さず、さっきからの話の続きをしているようなふりをして亀井にいった。「見ちゃいかんぞ」

「何がだ。どうした」

「入口の横に、相撲とりがひとりいるんだがね、さっきからおれたちの方を睨《にら》んでるよ」

亀井は怪訝《けげん》そうな顔をした。「客かい」

「客だ」

「ひとりで飲んでるのかい」

「ああ。だと思う。しっ。今見ちゃいけない。まだこっちを睨みつけてるんだ」

「ははあ」亀井は苦笑してうなずいた。「さっき、おれたちが大声で相撲とりと言ったのが聞えたんだな」

「そうに違いないよ」おれはくすくす笑った。「それで、自分のことを言われた、と思ってるんだ。それにおれたち、さっき笑っただろ。自分のことを笑われたと思っているんだ」もう一度、ちら、とうかがうと、取的はあいかわらず、くすくす笑っているおれの方を、顔の奥へくぼんだ魚のようにまん丸い無表情な眼で、またたきもせず見つめ続けていた。不気味になり、おれはくすくす笑いをやめた。「すごい眼で見てるぜ」

「うーん」亀井は眉《まゆ》の間に皺《しわ》を寄せ、上着の内ポケットから煙草《たばこ》をとり出し、それと同時に身をねじ曲げて片側の壁に凭《もた》れ、ライターを出して煙草に火をつけながら、入口の方をうわ眼遣いに盗み見た。

「幕下みたいだな。相撲のこと、よくは知らんが」煙を吐き出しながらテーブルに身をのり出させ、おれに顔を近づけて亀井はいった。「幕下じゃないのか」

おれはうなずいた。「大銀杏《おおいちょう》じゃなく、丁髷《ちょんまげ》だものね。取的、ってやつさ」

まだ春になったばかりというのにその取的はうすい単物《ひとえもの》一枚の姿で、素足に草履をはいていた。象とか河馬《かば》とかいったでかいけものを思わせる、百キロは優に越すであろうその巨体は、小さなとまり木へ尻《しり》の肉をめり込ませてまっすぐカウンターに向っていたが、風船玉のように膨らんだ淡褐色の顔は無表情なままあいかわらず七分ほどこっちに向いていて、さらにその非人間性たっぷりのきょとんとした眼はおれの顔にぴったり貼《は》りついたままだった。無神経なやつだ、とおれは思い、少し腹を立てた。

「いわゆる、褌《ふんどし》かつぎだよ」わざと取的へも聞えるようにそう言い、おれはまたくすくす笑った。空手二段の亀井と一緒なので安心していたし、まさか人気商売の相撲とりがひと前で喧嘩《けんか》を吹っかけてくるとは思わなかったからである。

だが、亀井は顔色を変えた。また眉間《みけん》に縦皺を寄せ、いそいで小さくかぶりを振った。

「よせよ」

「でも、たかが幕下じゃないか」

亀井は、今度ははげしくかぶりを振った。

「よせったら。喧嘩になったら困るよ」

何をそんなに怖れるのかな、とおれは思い、すぐに、たしか有段者が喧嘩で空手を使えば罰せられることになっているというのを以前どこかで聞いたことがあるのを思い出し、それだろうと考えてひとり納得した。取的を見ると、彼は依然顔を斜めに構え、まん丸い眼窩《がんか》の隅に黒っぽい虹彩《こうさい》を落しておれの顔を見つめ続けている。おれも彼を挑戦的に見つめ返した。その鈍感そうな顔に貼りついているくすんだ色の皮膚は、とてつもなく部厚そうだった。不気味さに耐えかねて、すぐにおれは彼から眼をそむけた。あとあとにまで心の傷となって残るかもしれないとてつもなくいやな、まがまがしいことの起りそうな予感がし、おれの耳下腺《じかせん》からは苦い不吉な分泌物《ぶんぴつぶつ》が口の中へ迸《ほとばし》り出た。

「馴染の客なのかな」亀井が心配そうに訊《たず》ねた。

「さあ」おれはカウンターの中で客と野卑な冗談を言いあって笑っているおなみさんを観察した。しばらく眺め続けたが、彼女が取的の方へ注意を向けたり、彼に話しかけたりしそうな様子はまったく見られなかった。おれは亀井にかぶりを振って見せた。「常連ではなさそうだぜ」

「うーん。まずいなあ」亀井は顔全体を不安そうに歪《ゆが》めた。「でかい声で相撲とりと言ったのがいけなかったんだな」

「ああ。そうだな」

「まだ、こっちを見てるか」

「ずっと見てるんだよ」

亀井はうなずいた。「このままここにいると、まずいことになる」

「そうかい」

「ああ。そうだ」もう一度うなずいた。「まずいことになる」上着の内ポケットに手を入れた。「出よう。ここはおれが払うよ」

「そうかい。悪いな」

「言っておくけど」亀井は恐ろしい眼でぐっとおれを睨みつけた。「出る時には、絶対にやつの方を見ちゃいかん。眼をあわせちゃいかんのだ。わかったな」

おれは彼の真剣さにやや驚き、唾《つば》をのんでゆっくりとうなずいた。「ああ。そうするよ」

亀井が立ちあがると同時におれも立ちあがり、彼の背後にへばりついた。

「おなみさん。いくらだい」亀井がカウンター客の頭越しにいった。

「嬉《うれ》しいねえ。こんな若い子までがおなみさんって言ってくれるんだから」おなみさんは上気した頬をゆるめて大きく笑い、あわただしく計算して金額を告げ、亀井の手から硬貨を受けとった。「また来てね。信ちゃん。亀さん」

「ああ。きっとくるよ」

入口を出る時、おれは取的の眼を見ないよう、不自然にあさっての方角を見ながら亀井よりも先に出た。亀井のあとから出ようとしている時、取的にうしろから殴りかかられたのではたまったものではないと思ったからである。なにしろおれは亀井のような武道の心得もなければ、暴力から身を護《まも》る術《すべ》など何ひとつ知らぬ、力のない虚弱体質者なのだ。さっき取的に挑発的な態度をとれたのも、亀井がいたからこそだったのだ。取的のうしろを通ってドアをあける時には、さすがに足が顫《ふる》え、手が顫えた。

人通りの少ない狭い路地へ出るなり、亀井がおれの背を押してうながした。「いそげ。逃げろ。早く歩け」

今にもうしろからあの取的の「待て」という野太い声がかかりそうな気がし、おれは宙を泳ぐような気分で足を早めた。それにしても亀井までがそれほどあの取的を恐れるのはちょっと不思議だった。

早足で歩きながら、おれは彼に訊ねた。「何をそんなにびくびくしてるんだい」

「わかってるだろ。おっかないからだよ」

「だって亀井、お前は空手の」

言いかけた時、亀井はおっかぶせるように小声で叫んだ。「相手は取的だぞ」おれの背を押した。「ああ。そこを曲ろう」

おれたちは次の路地を右へ折れ、やはり同じような、幅二メートルもない細くうす暗い路地に入った。さっきの路地よりももっとひと気は少なく、客を呼ぶ女がちらりほらりとバーの入口に立っているだけである。

「取的がそんなにおっかないのかい」かどを折れる時に振り返ってあの取的が「おなみ」から出てこないのを確かめたため、やや歩度を落しておれはいった。「なぜだい。お前さっき、相撲のことはよく知らないって言ったじゃないか」

「そりゃ、おれは知らん」亀井がやや苛立《いらだ》った口調で答えた。「だけどおれの先輩が、いちど褌かつぎと喧嘩しているんだ。半殺しの目に会わされたそうだ。今でも左腕が不自由なままだ」

「先輩って、どこの先輩だい」おれは亀井の顔をのぞきこんだ。「まさか、空手部の先輩じゃないだろうな」

「空手部の先輩だ」と、亀井はいった。「空手四段だった」

「本当か」おれはびっくりした。「相撲とりって、そんなに強いのか」

「からだの鍛えかたが違うんだそうだ」亀井は息をはずませていた。「奴《やつ》らにとっちゃ、だいたい空手なんてものは、ほんのちょいとした小手先の技術にしか過ぎないんだそうだ」

今度は顎下腺《がっかせん》から、苦い唾液《だえき》が噴出した。おれはあわてて、背後を振り返った。

まさしくあの取的が、十数メートル彼方《かなた》の、さっきおれたちが左折したあの辻《つじ》に駈《か》け出てきてこちらを向き、おれたちの姿を認め、おれたちのいる路地へ、顔をなめ上にあげ、腹をつき出して駈けこんできた。足がすくんで動けなくなったおれを亀井がふり返り、すぐに取的の姿を発見して悲鳴まじりに来たと叫び、逃げ出した。その声におどろき、おれの足も石だたみを蹴《け》った。走りながら、今起っていることがなかなか信じられなかった。亀井がのどをひゅうひゅういわせながら、おれの前を走っていた。待ってくれ、と、おれは叫んだ。亀井は無言で駈け続け、次のかどを右へ折れた。もちろんおれも彼に続いて右折した。かどを曲る時にちらと取的の方を見ると、彼はつき出た腹と、息苦しげに顔を膨れあがらせ顎《あご》を前へつき出したその姿勢からは信じられぬほどの速度でおれたちとの間隔を狭めつつあった。わあ、と、おれは悲鳴をあげた。あわてふためいてばたつかせた足が宙を蹴った。そこはやや広い通りだったのでおれは亀井に追いすがり、しばらく彼と並んで駈け、しばしば追い越した。通行人も多く、おれたちは前からくる人間たちの間をすり抜けたり彼らから身をかわしたりしながら逃げた。人混みの中へ出た方が逃げ切れる可能性は強い、と、おれは思った。亀井もそう思ったらしく、すぐ次の辻をおれたちは同時に左折した。大通りへ出られる通りだった。

大通りへ出て、おれたちは歩道をさらに逃げ続けた。商店街の多くはまだ開いていてあたりは明るく、歩行者も多かった。絶え間のない警笛と、喫茶店や楽器店から響いてくる音楽が、ずきんずきんと心臓の音を鼓膜に伝え続けるおれの耳へ断続的にとびこんできた。時おり前から歩いてくる男女を避けそこない、ぶつかった。しかし取的の方が、もしあのままの速度で走り続けているとすれば、からだの大きさから考えて、もっと大勢にぶつかっている筈《はず》だった。おれたちは次の交叉点《こうさてん》で、ちょうど青信号だったため横断歩道を左へ渡った。そこは劇場や映画館がたくさん並んでいて賑《にぎ》やかな場所へ出ることのできる広い商店街だった。振り返ったが、もう取的の姿は見あたらなかった。

唇を顫わせながら立ちどまり、亀井が非難するような眼つきで、おれを見つめた。「おれたちを追いかけてくるぐらい怒ってるんだから、きっと、お前が褌かつぎといったのも、奴《やっこ》さんの耳に入ったんだ」

おれはうなだれた。「そうらしいな」うわ眼遣いに、おれは亀井の顔を見た。「それからそのう、もうひとつ、まだお前には言ってなかったけど」

亀井が背すじをのばした。「何をやったんだ。まだ、何かあるのか」

「じつは、あいつがあんまり無神経にこっちを睨みつけやがるもんで、それでむかむかして」おれは咳《せき》ばらいをした。「そのう、あいつを睨み返したんだ」

亀井はあきれたような顔でしばらく黙り、やがて劇場の方へ歩き出した。おれも彼と並んで歩いた。雑踏の中に、艶歌《えんか》が流れていた。

「ながい間、睨みあいをしたのか」亀井が歩きながら訊ねた。

「いや。すぐに眼をそらしたけど」

突然、亀井は前方を見つめて立ちどまり、小声で叫んだ。「いる。あいつだ」

おれはぎく、として逃げ腰になりながら人と人との間をすかし見た。

おれが劇場の赤いネオンサインのま下に取的の姿を発見した時、相手はすでにおれたちを見つけ、顔をななめ上にあげ腹をつき出した例の恰好《かっこう》でこちらへ駈けてくるところだった。

「わあ」

「来た」

ひと中も忘れ、おれと亀井は泣き声と悲鳴を同時にあげた。彼が先まわりをしておれたちを待ち伏せていたのか、あるいはいったんおれたちを見失い、あちこち捜しているうちにあそこへ偶然出てくることになったのか、そこまではわからなかったが、いずれにしろあの肥満した巨体からは考えられぬほどの並はずれた走力であることに変りはない。おれは取的に一種の人間ばなれした不気味な能力とか雰囲気とかいったものを感じて、恐ろしさのあまりもはや通行人にぶち当ろうがどうしようがそんなことにはかまわず、亀井と並んで逃げに逃げた。頭が鈍い音を立てて鳴っていた。もう、うしろを振り向く余裕さえなかった。彼がおれたちとの間隔を急速に縮めてきているであろうことには確信があったからだ。今度うしろを振り返った時は、やつにつかまる時だという、そんな気がした。逃げ切れる方法はひとつしかなかった。どこかへ隠れることだ。だが、そんな場所が、この繁華街のど真ん中にあるだろうか。

「あった」とおれは叫び、並んで駈けている亀井に大声でいった。「次のかどを曲るぞ。曲ってすぐの店だ。『門』という店だ。そこへとびこむからな」

「門」というクラブはおれが取引先の部課長級を接待でつれて行く高級クラブである。会員制でこそないが、勘定は銀座並みに高く、とび込みで入ってくる客は滅多にいない。かどを折れてすぐの店だから、取的に入るところを目撃されることはまずないであろうし、あの「おなみ」にいたおれたちがまさかそんな高級クラブへ入ったなど、取的は思わないであろう。万が一目撃したところで、あの取的ごときの懐ろ具合ではとても入ってくることなどできないに決っている。

貸しビルのかどを右へ折れてすぐ、おれはそのビルの一階の「門」とセロファン加工したガラス行灯《あんどん》の下の黒ニス塗りチーク材のドアをあけてとびこんだ。続いて亀井が駈けこんできた。ドアの内側にいたドア・ボーイが「いらっしゃいませ」といいながら眼を丸くし、ドアを閉めた。

「やあ」ドア・ボーイとは顔馴染だった。

「どうかなさいましたか」

「いや」おれは亀井と顔を見あわせ、ほっと吐息をつき、つくと同時にくすくす笑った。

亀井も笑った。「いやあ」

おれは笑いながらドア・ボーイにいった。「いや。なんでもない。なんでもない」

まったくいいところを思い出したものだ、そう思って自分の機転に感心したり感謝したりしながら、おれは亀井の先に立ち、カーペットを敷いた地下への狭い階段をおりた。

「恐ろしかったな」と、亀井がおれの背中にそういった。

「門」のドアをくぐるなりさっきまでの恐怖がまるっきり嘘《うそ》のようにすっとうすらいでいたため、おれは笑いながら答えた。「相撲とりなんてよく知らない相手だから、必要以上にいろんな想像をして、そのためによけい恐ろしく思ったんじゃないかな」

「うん。そうかもしれないな」ボーイにボックス席へ案内されると、亀井は宮廷風の豪華な店内をきょろきょろと見まわした。「ここは、だいぶ高いんじゃないのか」

「ここなら勘定を接待費にまわせる」と、おれはいった。「お前、おれの会社の取引先の人間ということになっておいてくれ」

「悪いなあ」亀井はあきらかに嬉《うれ》しそうな表情を見せた。「しかしまあ、ここならあの相撲とりも入ってくるまい」

取引先の会社の仕入課長で、おれが浮気の相手を世話してやった男がいた。その男と一緒に来たことにしよう、と、おれは思った。

「ここに入ったのを、あの相撲とりに見られただろうか」亀井はまだ、いささかびくついていた。

「あら。お相撲のお話なの」笑子《えみこ》というホステスがやってきて亀井の横に腰をおろした。「信田《のぶた》さん。いらっしゃい」

店内のあたたかさと笑子の香水のなごやかな香りに気分がほぐれ、おれはやや陽気に亀井を紹介した。「亀井さんだ」

「はじめまして。笑子です」

もうひとりホステスがやってきておれについた。「夏子です。よろしくね」

「お相撲さんが、どうかしたの」

「うん」おれは亀井と苦笑を交わした。いきさつを話してさっきまでのおれたちの恐怖を説明し、あわてふためきぶりを描写したりすれば、女たちの失笑を買うに違いなかった。「なに。ちょっとそこで取的を見かけたものだから」

「わたしのお父さんもね、田舎で素人《しろうと》相撲の横綱だったのよ」おれたちの飲みものをボーイに通してから、笑子はそういった。

「へえ。横綱か」平静を装《よそお》っておれはうなずいた。一瞬ぎくりとして、それが顔へ出そうだったからだ。「強かったんだね」

「ううん。そうか」亀井がいやな顔をした。「君のお父さんも相撲か」

「いつも奉納相撲に出たのよ。そりゃもう、村一番の力持ちだったわ。これくらいの太さの木を根こそぎ引っこ抜いたり」

「そりゃまあ、木の種類にもよるわな。あっはっはっ。は」

笑子は少しむきになった。「戦争中に村へきた兵隊さん六人と喧嘩《けんか》して、全部ぶっとばしたんですって。今でも村の伝説になってるわ。あら」くすくす笑った。

「どうしたの。そんな顔して」

しぶしぶ、亀井がいった。「ふうん。じゃあ、プロの相撲とりに負けないな」

「プロのお相撲さんとやったこともあるの。奉納相撲で。そのひと、十両だったけど」

「で、どうだった」

「簡単に投げちゃったわ」

「そりゃすごい。どうして本職の相撲とりにならなかったんだ」

「あら。違うわよ。その十両が、お父さんを投げちゃったのよ」

「ほう」さりげなく、亀井が訊《たず》ねた。「プロとアマは、そんなに差があるわけか」

「そりゃあ、だって」笑子が当然といいたげな口調でかぶりを振った。「毎日すごい稽古《けいこ》するんですものね。ほら、なになに部屋ってあるでしょ。あの相撲部屋ってのはそりゃあもう特殊な社会で、その証拠に、有名なお相撲さんで相撲部屋以外から幕内に入ったひとってひとりもいないじゃないの」

「詳しいんだね」亀井がしらけた顔でソーダ割りをがぶりと飲んだ。

「お父さんに教わったのよ。そりゃあ猛烈な稽古なんですって。岩を天井からぶら下げて体あたりをしたり」

「怪我《けが》するだろ」

「怪我した傷口へ砂をこすりこんで、また岩に体あたりするのよ」

「もう、相撲の話はよそうよ」少し大きな声で亀井がいった。

「どうかしたの」

「なんでもないなんでもない」笑子までがあの取的の同類のような気がしはじめ、なんとなくこの店までが油断できないように思えてきて、おれはそわそわした。

「ええと、君たちも何か飲めよ」

「そうね。いただくわ」

それでもおれと亀井は、「門」に約二時間いた。入れかわり立ちかわりあらわれるホステスはさすがに美人が揃《そろ》っていて、それ以後は楽しく遊べたからだ。また、そろそろ出ようかと思うたびにあの取的のことを否応《いやおう》なしに思い出し、なかなか立ちあがる決断がつかなかったからでもあった。いくらあの取的が執念深くても、二時間も経《た》ったんだからもうあたりにはいないだろうと思って、おれたちがやっと立ちあがったのは、すでに十時を少し過ぎた頃だった。おれたちはほろ酔い機嫌で階段をのぼった。しかしまだ疑念を捨てきれないらしい亀井は、ドア・ボーイのあけてくれたドアからおそるおそる首をつき出して通りの左右をうかがった。

「馬鹿《ばか》だな。いるもんか」おれは笑って亀井の肩を叩《たた》いた。

大通りはやや人通りが少なくなっていて、商店も半分近くがシャッターをおろしていた。それでも劇場がはねてあふれ出た客だの、酔漢だのアベックだので、賑わいはまだ続いている。不景気を反映して安キャバレーの呼び込みの声はややヒステリックにはねあがっていた。

国鉄の駅前へ通じている大通りへ出て歩きはじめた時、亀井がおれの背広の裾《すそ》を引きながら前方をすかし見た。「おい。あそこにいるあの、和服を着たやつ、あれ、あいつじゃないだろうな」

「何言ってるんだ。要心深いやつだなあ。どこだい」

「ほら。あのバス停のところの」亀井が立ちどまり、身をしゃちょこ張らせた。

「あいつだ」

おれが十数メートル彼方の人混みの中に取的の姿を発見した時は、すでにあっちもおれたちを見つけ、腹と顎をつき出した例のスタイルでこっちへ駈《か》けはじめているところだった。

「来た」

「いたあ」

「やあ」

「わあ」

おれたちはわけのわからぬ悲鳴を続けさまに発しながらからだの向きを変え、死にものぐるいで走りはじめた。あの取的は、恐怖で常識を失うほど取り乱した今のおれにとって、もはや人間ではなかった。化けものだった。どんなに遠くからでもおれたちの居場所を知ることができるけものじみた嗅覚《きゅうかく》か、あるいは非人間的な超感覚、異常知覚を持っているえたいの知れない変な生きものであった。しかも彼は時間を超越してまでおれたちを追ってくるのだ。むろん実際にはそうではないのだろうが、二時間もおれたちを待ち続け捜し続ける彼の並はずれた根気と執念がおれにそう思わせずにはおかないのだ。そんなやつから逃げのびることは、これはもしかしたら絶対に不可能なのではないだろうか。そうだとも。絶対に不可能なのだ。そしておれたちは、やつにつかまるのだ。もう、そうに違いないのだ。そんな非論理的な思考が走り続けるおれの頭の中でめまぐるしくとびまわっていた。

　今度は前と逆に、いつの間にか次第に人通りの少ない路地から路地へとおれたちは逃げ場を求めて駈けまわっていた。迷路のような暗く細いスタンド・バー街の路地を駈けめぐっていると、振り返っても追ってくる取的の姿が見えないから直接的な恐怖はないかわりに、いつ前方の辻《つじ》にひょっこり先まわりしてあらわれるかわからないといった想像力の働きによるより非現実的な恐怖がおれたちの頭髪を逆立たせた。たとえ取的の姿は見えず、足音が聞えなくても、やつをまいたと思って安心する気にはまったくなれなかった。時には行く手の曲りかどの、眼に見えぬ路地の暗闇《くらやみ》の底から、どんどんどんどんという鈍い足音と、それに伴う地ひびきが近づいてくることを知り、狂気のように身をひるがえして逃げたりもした。もはや酔いは醒《さ》めきっていた。

無目的に逃げまわっていては、いつか取的に出くわし、つかまってしまうにきまっていた。至急、逃げる目的地を決める必要があった。路地から路地へ通じている、幅五十センチもないような抜け道があり、ここならあの取的の巨体は入りこめないだろうと推測し、おれたちはさっそく逃げこんだ。抜け道の中ほどに一部バーの裏口らしい引っ込んだところがあり、おれたちはそこへ身をひそめ、目的地を相談することにした。そこなら、抜け道への入口のどちら側にあの取的の姿があらわれても、逆の方向へ逃げることができる筈《はず》だった。

「警察へ保護を求めよう」ふるえる声で亀井がいった。

おれは泣き声をあげた。「説明したって、信じちゃもらえないよ。笑われるだけだ」

「笑われてもいい」亀井は唇を顫《ふる》わせ続けていた。「ここは『おなみ』の近くだ。『おなみ』へ行って、おなみさんに事情を説明して警察へ電話してもらうんだ」

「あの店へ行ったりしたら、あいつにつかまっちまうよ」おれは悲鳴をあげた。

「あいつはおれたちを捜して『おなみ』へ行くに違いないんだ」

「この辺をうろうろしていたって、どうせ必ずつかまるんだ」気ちがいじみた眼つきで亀井はおれを睨《にら》み据えた。もう、そうに違いないと信じきっている眼だった。

「同じつかまるなら、おなみさんの店でつかまった方が、おなみさんにかばってもらえるし、警察も、すぐに呼んでもらえる」

「そんなこと、頓着《とんちゃく》するようなやつじゃない」おれは吐き捨てるように叫んだ。

「おなみさんまで巻き添えにするのがおちだ。あいつには人間らしい感情なんて、ないんだぞ」

「じゃあ、なんの感情があるっていうんだ」亀井が突っかかってきた。「どういう感情であいつがおれたちを追ってきているっていうんだ」

「化けものの感情だ」と、おれはいった。のどがからからだった。

「おなみ」に行こうと主張する亀井にさからいきれず、おれは彼とともに恐るおそる路地へ出、取的の姿がないのを幸い、それとばかりに「おなみ」の方角へ駈けはじめた。もし取的が近くにいた場合、石だたみに響く足音を聞きつけられるかもしれなかったので、おれたちは靴音を殺し、つま先で走った。「おなみ」のガラス行灯が見えてきた。おれたちは「おなみ」へとび込んだ。

「ああら、お帰り。どこへ行ってきたの」

おなみさんの声にほっとしている余裕はなかった。「おなみ」の店内を見て、おれと亀井は眼を見張った。カウンターにはずらりと五人の取的が並んでいて、八脚分の椅子《いす》がおさまる空間は彼らだけでいっぱいだった。ふたつのテーブルには四人の取的が二人ずつ向いあって掛けていた。おれたちを追っているあの取的こそいなかったものの、九人の取的はおれの眼に十数人、いや何十人もの取的の大群のように見え、おれは完全に顔色を失った。自分の顔色を見たわけではないが、血の気などあるわけがない。

「いっぱいだから、またくるよ」

「あら。いいのよ。二人分、席はあるよ」

おなみさんの引きとめる声を背に、おれと亀井は心臓が口からとび出すのではないかと思うほどの恐怖で肝をつぶし、店をとび出して足を宙に泳がせた。

「いつからあの店が取的の巣になったんだ」紙のような顔色をして亀井は走りながらわめいた。

「知るもんか。やつら、おれたちがちょっとご無沙汰《ぶさた》してる間に、あそこを溜《たま》り場にしちまやがったんだ」

「あの取的、あの店で仲間と待ちあわせてやがったんだな」

「駅の方へ行こう」おれは泣き声でそう叫んだ。「駅の構内に巡査の派出所がある」

おれたちの身を護ってくれそうなところはもはや警察以外にないのだということが、おれにもわかりかけてきていた。

「もういやだ」亀井が泣きわめいた。「どうしてこんなことになった」

すでに世界はおれにとって超現実の世界だった。亀井がシュール・リアリズム世界の不気味さを今までに理解したことがあるかないかにかかわらず、彼にとってもここはやはりおれの感じている世界と似たようなものであるに違いなかった。おれたちは大通りへ出ると、呼吸が続かなくなったために、危険であることは承知の上で駈けるのをやめた。むろん、時おり振り返って取的が追ってこないかどうかを確かめることは忘れなかった。そろそろ十一時になろうとする時刻だったが、副都心の駅近くだけあってまだ人通りは多い。

駅前広場までやってきた時、突然亀井がものもいわずに駈けはじめた。一瞬おれは彼が信号の変らぬうちに横断歩道を渡ろうとして駈けはじめたのだろうと思ったのだが、すぐにいやな予感がし、あわてて振り返った。案の定取的が、顎《あご》をつき出し頬をふくらませ、眼をまん丸に見ひらいた河豚《ふぐ》のような顔でおれを睨みながらすぐ背後にまで迫ってきているのを発見し、ぎゃっと叫んでのけぞり、はねあがり、赤信号になったばかりの横断歩道をおれは今やむしろ警官に見咎《みとが》めてもらいたいような気持のまま破れかぶれで突っ走った。亀井がおれを残して逃げ、自分だけ助かるつもりだったことはあきらかだが、駅の構内で彼に追いついた時、そのことで彼を責める気にはなれなかった。おれだってもし自分だけが取的の姿を発見し、亀井が気づいていなかったとしたら、あるいはそうしていたかもしれないからだ。構内にある地下道への階段の降り口で立ちどまり、おれたちは横断歩道をうかがった。取的は信号がなかなか変らないのに業《ごう》を煮やしたらしく、警笛の中を、徐行してくる車とぶつかったりしながらあいかわらずの無表情でこちらへ渡ってきつつあった。

「来るぞ」

「来る」

おれたちはなかば足をもつれさせて階段を駈けおりた。階段をおりてすぐの場所に巡査派出所はあり、おれたちはその殺風景な小部屋へわめきながらとびこんだ。

「あの、保護を」

「おれたち、保護してもら」

小部屋の中には誰もいず、テーブルの上に一台の黒い電話がうすく埃《ほこり》をかぶってうずくまっているだけだった。おれたちは顔を見あわせた。

「巡回中だな」

「いつもここには二人ほどいる癖に」

舌打ちしたり地だんだを踏んだりしているひまはなかった。取的が階段を、ひどいがに股《また》で、そのくせ一度に三、四段ずつとんで降りてくるのをおれたちは見た。派出所にとびこむところを目撃した筈はないと思えるのに彼は、おれたちの意図をとっくに見抜いていた様子で、階段をとんで降りながらも顔だけはまともにこちらへ向けていた。おれたちは悲鳴をあげて派出所から駈け出た。

「いやだ」亀井が泣き叫んだ。「どうしてこうなる」

「電車に乗ろう」と、おれは叫んだ。「定期券は持っているな」

「持っている」

「あいつは持ってない筈だ」同じ地下にある国鉄の改札口の方へ、おれたちは走った。「どこ行きでもいいから、来た電車にとび乗るんだ」

おれと亀井は定期券を駅員の鼻さきにつきつけながらあとも見ずに改札口を走り抜けた。この時間の駅の構内だと、終電車に乗り遅れそうだというので走っているやつはざらにいるから、猛烈なスピードを出したところでさほど目立たない。

両側に階段のある駅中央のコンコースを少し走るとすぐに、郊外へ向う電車のプラットホームから人間が十数人、階段を降りてきているのが眼にとまった。おれと亀井はすぐさま人の流れにさからって階段を駈けのぼり、発車寸前らしいその電車に乗りこんだ。車内は都心部から乗ってきた連中でほぼ満員だった。おれたちは車輛《しゃりょう》の中ほどまで進み、吊《つ》り革にぶらさがった。ドアが閉った。四肢の力が抜けた。

「助かった」荒い息をつきながら、亀井が泣き笑いのような顔をおれに向けた。

「もう安心だ」

電車が動き出した。車内のあたたかさに、おれもほっとして、あまりほっとしたものだからそのまま車内の床にすわりこんでしまいたいような気になった。おれたちの引き攣《つ》った表情と顔色の蒼《あお》さに、周囲の乗客数人がじろじろとこちらを見ていた。だがおれはあの取的から逃げ切ることのできた喜びで、むしろ乗客の誰かれなしに抱きついてキスしたいぐらいだった。

「この電車だと、お前は家に帰れないな」亀井はいった。「おれのアパートに泊るかい」

「ああ。泊めてくれ」

ひとりで引き返す気にはなれなかった。その上ひとりでアパートに戻ったとしたら、今夜のこの恐怖の記憶をわけあう人間がいないから、悪夢にうなされるにきまっていて、それもまっぴらだった。亀井とて同じ気持に違いなかった。

駅へ停車するごとに乗客は減り、シートこそ満席だが立っている人間はおれたちの乗っている車輛で十数人ほどになった。アパートへ戻ったらウイスキーがあるから、それでもういちど飲みなおして、などとおれに話しかけていた亀井が、急に絶句した。吊り革を握っている彼の手が、はげしく顫《ふる》えはじめた。

「おい。おい。見ろ」彼の声がうわずった。「うしろの車輛を見ろ」

まさか、と、舌下腺《ぜっかせん》からの苦い唾《つば》をのみこみながら、連結部分のドア・ガラス越しに、おれは一台うしろの車輛を見た。こちらの車輛に近いところへ立ち、あの取的が吊り革につかまっていた。顔はほぼまっすぐ正面の窓に向けているものの、あの魚類のように無表情な眼の中の黒っぽい虹彩《こうさい》だけはおれたちの方に向っていた。おれの膝関節《しつかんせつ》は急に柔らかくなった。その場へ腰をおろしてしまいそうになり、おれはあわてて身を立てなおした。

「いやだ」亀井はすすり泣いた。「なんでこうなる」

「どうやって乗ったんだろう」おれは唖然《あぜん》とした。

「そんなこと、どうでもいい」亀井は身をよじった。「助けてくれ。おれは気がくるいそうだよ」

おれとてこれが現実とはとても思えず、この現実の中のどこかにまだ正気の部分が残っていはしないかと大声をあげて捜し求めたいような気持だった。

「おれたちは、忘れていたんだよ」おれはゆっくりと亀井にいった。「そうだろ」

「な、何がだ」ぎく、としておれから身を遠ざけ、気ちがいを見る眼つきでおれを見ながら亀井はいった。「何を忘れていたっていうんだ」

「おれたちはあいつに、一度もあやまろうとしなかったじゃないか」おれはそういった。「あやまろう。あいつのところへ行って許しを乞《こ》うんだ」

一瞬眼を見ひらいてから、亀井ははげしくかぶりを振った。「お前、まだそんなこと言ってるのか。あやまって許してくれるようなやつじゃないぜ。お前、さっき言ったたろ。化けものだって。あいつは絶対に、おれたちを許しちゃくれないんだから」唾をとばしはじめた。「お前、甘いんだよ。あやまったりしても、あいつはよけい怒るだけだ」

向う意気の強い亀井がこんなにまでおびえきっている異常さは、即《すなわ》ちただごとでない現実を示していた。現実が非現実的であればあるだけ、おれよりも現実的だった亀井の自我の崩壊はおれ以上に早まるのだ。

「あやまってみなくちゃ、わからんだろ」おれは亀井の腕をとった。「とにかくそれが、いちばんまともなやりかただ。さあ。あやまりに行こう」

「いやだ。おれ、いやだ。こわいよ」亀井は泣きながらはげしくかぶりを振った。

「お前ひとりで行ってきてくれ」

「だって、おれひとりで行ったんじゃなんにもならない。そうだろ。じゃ、おれひとりであやまって、おれだけ許してもらって、そのあとお前ひとりだけ追いかけられるのがいいのか」

ぶるっと身をふるわせ、すぐ現実に眼醒めたという様子で、亀井は決然と背すじをのばした。「そうだな。許してもらえなくてももともとだ。あやまってみるか」

やっとスポーツマンらしい決断力をとり戻したようなので、おれはほっとした。

「そうだよ」

「行こう」亀井が先に立ち、うしろの車輛へ歩きはじめた。

「お前が先にあやまるかい」彼のあとに続きながらおれは訊ねてみた。

「ああ。おれがあやまってみる」

おれはちょっと不安になり、彼の背中に念を押した。「いっとくけど、ほかの乗客に聞えるようなでかい声ではあやまらない方がいいよ。よけい気を悪くするからな」

「ああ。わかっているよ」

あやまって、もし簡単に許してもらえたらどんなに嬉《うれ》しいだろう、そんな楽観的な想像だけでおれはほとんどくすくすと笑い出しそうになり、また、涙があふれそうになったりもした。じつはおれたちの財布を拾い、それを渡すために追ってきたのだなどという、そんな笑い話めいた理由だったとしたら、どんなに嬉しいだろう。

連結部分のドアを抜けると、取的は近づいてくるおれたちの意図を悟ったらしく、眼を窓外に向けて知らん顔をした。亀井は取的の傍に立った。おれは亀井のうしろに立った。両側から取的をはさんだりして威嚇《いかく》的と感じさせてはならなかったからだ。

「あやまりに来ました」亀井がぼそりと言い、軽く頭を下げた。

取的は淡褐色の無表情な顔のままで窓外を見続けていた。肌理《きめ》の粗いくすんだ色の皮膚は、近くで見るとさらに部厚く思え、不気味なことこの上もなかった。

「あれは、誤解だったんです。おれたち、最初はあなたのことを笑ったんじゃなかったんです」

「変なことを言ったり、睨《にら》んだりしてすみませんでした」おれも亀井の肩越しに低い声で詫《わ》びた。「あれはその、あなたがあまりこっちをじっと見ているものだから」

取的はまだ無言であり、無表情だった。よく見れば、いくぶんびっくりしたような表情をしているが、それが即ち彼の無表情な顔なのであろう。気味が悪く、おれも亀井もそんな取的の顔をなるべく注視しないようにし、眼を伏せたままで交互に詫《わ》び続けた。取的の汗の匂《にお》いが強烈だった。

「とにかく、気を悪くさせたのはほんとに申しわけなかったです」亀井は前よりも深く頭を下げた。「あの、許していただけるでしょうか」

「今ではあの、あの心から、あの後悔を」

詫びながらふと眼をあげ、おれはガラス窓に映った取的の顔を見てぎくりとした。時おり郊外の家の灯が走り過ぎていく暗いガラス窓の中の取的の眼は、まともにおれたちを睨みつけていた。彼はおれたちの顔から眼をそらしていたのではなかった。ガラス窓の中のおれたちに視線を移し変えただけだったのだ。彼が表面的にはおれたちから顔をそむけて、何かえたいの知れぬ生きものが二匹耳もとへやってきて何やら意味の通らぬことをつぶやき続けているといった無関心な態度を見せているのはあくまで周囲に乗客がいるからであり、ガラス窓の外の闇の世界では依然としておれたちに敵意を燃やし続けているのだと知った時、おれは絶望で眼の前の情景がぐるぐるまわりはじめるのを感じた。今やガラス窓の中の彼の眼にはありありと殺意が読みとれ、こいつは絶対におれたちを許してはくれないのだという直感で、おれは呻《うめ》き声をあげそうになった。

「もう、許してくれたっていいじゃありませんか」おれの声はしぜんにはねあがった。「これだけ追いかけまわしたんだから、もういいでしょう。おれたち、もう、充分後悔してます。悪かったと思ってるんです。ほんとです。ほんとに悪かったと」

何ごとかと、周囲の乗客数人がおれたちの方を注視しはじめた。

そのまま抛《ほう》っておけばとてつもなくヒステリックな絶叫にまで高まりそうなおれの声を亀井がおれの肩に手をかけて押し殺し、取的にいった。「それじゃ、失礼しました」

許してもらえそうにないことを亀井も悟ったらしく、彼はおれの背を強く押してもとの車輛へと歩きはじめた。

連結部分を過ぎた時、おれは通路を歩き続けながら背後の亀井に訊ねた。「もっと前の車輛へ行こうか」

「いや。この車輛でいい。前の車輛へ行っても、あいつが追いかけてくるだけだ」

亀井はいった。「ドアの近くでとまれ」

電車が速度を落しはじめていた。おれたちはドアに近い通路に立ち、吊り革にぶらさがり、小声でささやきあった。

「次の駅で、ドアが開いている間、知らん顔をしてこうして話していよう。ドアが締りかけたらとび降りるんだ」

「よし。あまり早くとび降りるなよ。本当にドアが締りはじめてからだぞ」

駅についてドアが開き、乗客数人が降りていく間、おれたちは取的の方さえ見ないようにし、知らぬ顔をし続けていた。ドアが締ろうとした。

「今だ」

締りかけたドアの隙間《すきま》からまずおれがとび降り、続いて亀井がドアの僅かの隙間をからだで押し拡げ、すり抜けた。プラットホームを少し走って陸橋への階段の下まできてから、おれたちは様子を見るために振り返った。

取的が、数センチほどの隙間に両手をさし入れ、万力《まんりき》のような底力でドアを両側に押し拡《ひろ》げ、プラットホームへ降りてきた。

「ひい」

「出た」

腰と足ががくがくし、陸橋の階段を駈けあがるのは困難だった。取的の眼を近くで見た時から、おれの内部には、もしかすると殺されるかもしれないという、今までとは違った硬質の恐怖が生れていて、それがおれの全身をすくませていたのだ。陸橋の上までたどりつくと、他の乗客たちが降りていく改札口の階段の方へは行かず、おれたちは向い側のプラットホームへ出る階段を駈けおりた。取的の裏をかくつもりだった。

都心行きのプラットホームには誰もいなかった。陸橋を降りてすぐ、階段の裏側に灌木《かんぼく》の植込みがあった。おれたちはそのうしろに身をひそめた。歯が、がちがちと鳴った。亀井は痙攣《けいれん》しているような顫えかたをしながら、のどをひゅうひゅういわせていた。夜風がつめたかった。街道の方から時おり聞えてくる車の警笛があたりの静かさをきわ立たせていた。こんな郊外の駅の近くにも深夜スナックのようなものがあるらしく、風に乗ってかすかに艶歌《えんか》が響いてくる。

どん、どん、どん、どん、と、鋼鉄の階段を陸橋から降りてくる足音がおれたちの頭上で響き、おれと亀井はしっかり抱きあった。そうしなければ悲鳴をあげるに違いなかったからだ。歯の根があわず、おれはズボン越しに亀井のからだへあたたかい小便をぶちまけた。亀井もすでに失禁しているらしく、ぐぐ、と、のどを小さく鳴らしただけだった。おれはふと、かつての大昔、こうして野獣に追いつめられ、ついに殺された人間がどれほど多かったことかと考えた。その連中も今のおれと同じようにやはり恐怖にふるえ、小便を洩《も》らし、そして。

数メートル前方に、巨大な臀部《でんぶ》と後頭部をこちらに向けて取的が立っていた。彼はプラットホームの前後を眺めわたしてから、向い側のプラットホームをゆっくりと観察しはじめた。

亀井がおれのからだをつき離した。そして彼は植込みの根もとに置かれていた、塀を作る時に出た余りらしい補強型の半切りコンクリート・ブロックを抱きかかえた。彼の眼は闇《やみ》の中でぎらぎら光っていた。半殺しの目に会わされるくらいならむしろ相手を殺した方がましという、スポーツマンにありがちな思考と感情の短絡を起したようだったが、おれに彼のその行為を中断させる勇気はなかった。

亀井は立ちあがるなり、コンクリート・ブロックを頭上高くにさしあげたまま植込みを躍り越えた。そして二、三歩で取的の背後に駈け寄るとその丁髷《ちょんまげ》を結った後頭部へ力まかせにコンクリート・ブロックを叩きつけた。ぼこ、という鈍い音が、やけに大きく響いた。勢いがつきすぎたため、コンクリート・ブロックは亀井の手から離れてとんだ。ふつうの人間なら頭蓋《ずがい》が陥没し、ひとたまりもなくその場へぶっ倒れるところだが、取的はううと呻いてほんの少し上体を前へ屈《かが》ませながら、片手を後頭部へあてただけだった。それから身をたてなおし、こちらへ向きなおろうとした。

「わあっ」

「わあっ」

すでに逃げ腰だったおれと亀井はその様子を見るなりあまりの恐ろしさで、今はもう声をかぎりの絶叫をくり返しながら、プラットホームの端へと逃げはじめた。頭髪が逆立っていた。おれは全身に粟粒《あわつぶ》を生じさせ、失禁したための寒気で腰から下の感覚をなかば失っていた。もう、殺されることはあきらかだった。プラットホームの端から線路へころがり落ち、おれたちは線路を横断して改札口のある駅舎の方へ駈け出した。同じ殺されるなら、せめて誰かに自分が殺されるところを見届けてもらいたいと思ったからだ。レールに足をとられ、おれは二度転倒した。眼の前に駅舎の白い壁があった。おれから少し離れて走っていた亀井が三度めに転倒した時、ばさ、という音がして、怪鳥のように身をひろげた取的の大きなからだが亀井に覆《おお》いかぶさっていった。亀井の悲鳴がきい、と小さく尾を引いた。取的は、まるで愛《いと》しいものを愛撫《あいぶ》するかのように、そして立ちあがりかけている亀井のからだをおれの眼から隠そうとするかのように、向う向きになって強く抱きすくめた。ごき、という背骨の折れる音がはっきりと聞えた。おれは半分腰を抜かしたままで駅舎の壁に凭《もた》れ、亀井の死を見届けてから、のろのろと壁づたいに少し這《は》い、駅の便所の入口にたどりついた。臭気のはげしい便所の中にころげこみ、いちばん奥の隅へ行ってうずくまった。

薄明りを背に、取的の巨体がシルエットとなって便所の入口に立ちはだかった。不思議にもおれは、どことも知れぬ郊外の駅の便所の中で取的に殺されることを、生れて以来ずっと予感していたような気になった。醒《さ》めた頭の片隅で、こんなおかしな死にかたをする人間がひとりぐらいいてもいい筈《はず》だなどと考える一方では、そんな死にかたをする人間が他の誰でもない自分なのだということがなかなか信じられなかった。おれがやっと観念する気になって小さく南無阿弥陀仏《なむあみだぶつ》とつぶやいた時、ずかずかとおれに近づいてきた取的が、なんともいえず懐《なつ》かしいあの汗の匂いをさせながら、片手でおれの肩をつかみ、片手でおれの頭部を鷲《わし》づかみにして無造作にぐいとねじった。

（「別冊小説新潮」昭和五十年四月）

乗越駅の刑罰

その駅で電車を降りたのは、私ひとりだった。

背広のポケット、内ポケット、ズボンのポケット、やたらにあちこちへ手を突っこんで切符をさがしながら、私はプラットホームの石段を降り、踏切を渡った。

「おかしいな。ないぞ」

切符が見つからないので何度か首を傾《かし》げながらも、私は改札口へ近づいた。

改札口には、駅員がいなかった。

電車が着いても、降りる者はいつもひとりかふたり、多い時で四、五人という田舎の小さな駅である。それでも数年前までは、きちんと改札をやっていた筈《はず》だった。駅員が小便にでも行っているのだろう、私はそう思い、切符が見つからないままに改札口を通り、数歩あるいて駅舎を出ようとした。

「おい、あんた」

野太い声が背後で大きく響き、切符を渡していないといううしろめたさがあった私は、一瞬びくっとした。

若い駅員が改札口に立っていた。しもぶくれの、ながい顔をした男だった。人を見くだすように顎《あご》をあげ、白い眼で、ななめに私を睨《にら》んでいた。

彼は右手を私の方へ突き出した。「あんた、切符は」

私は苦笑し、ふたたびあちこちのポケットに手を突っこんで切符を捜しながら、改札口へ引き返した。駅員はさっきと同じ表情、同じ姿勢のままで私を見つめている。

駅員の態度に、私は少し腹を立てた。

「そんなに睨むなよ」もぞもぞと服のあちこちをさぐりながら、私はそういった。

駅員はゆっくりと、突き出していた右手をおろした。表情をうかがうと彼は、私のいったことが信じられないとでもいうような顔つきで私を眺め続けている。

「なんだって」彼はいぶかしげにそう訊《たず》ねた。「あんた今、なんて言った」

「そんな眼で、人を見るもんじゃないって言ったんだよ」

できるだけおだやかにいったつもりだったが、駅員は少し顔をこわばらせた。そのまましばらく彼は、私が切符を捜す様子を観察していた。

「どんな眼で見たっていうんだ」やがて彼はゆっくりと言った。「おれはね、あんたが切符を出さないでここを通り抜けたから呼びとめたんだ。そしたらあんたは、おれの眼つきが悪いという」

「いや、私はなにも、あんたの眼つきが悪いなんていった憶《おぼ》えはないよ」

「さっき、そう言ったじゃないか」

虫の居どころが悪くてからんでくるのだろう、と、私は思った。こんな若い駅員と口喧嘩《くちげんか》をしてもはじまらない。

「すまん、すまん」私はまた苦笑してあやまった。「はじめから、あんたがそこに立っててくれればよかったんだ」

駅員はうつろに私を見つめ、しもぶくれの頰の内側でもぐもぐと私のことばをくり返した。

やがて、にやりと笑って私に顔を近づけた。「ここに誰も立っていなかったら、切符を出さずに通り抜けてもいいっていうのか」

私は少しあきれて、駅員の顔を見つめ返した。「そんなことは言っていない」

「今、言ったじゃないか」

私は彼にそれ以上口をきかず、切符捜しに専念しようと決めた。だが、切符はどこにもなかった。

「おかしいな」

そうつぶやいたとたん、私は、切符を買っていなかったことを思い出した。

「あっ、そうか」私は溜息《ためいき》をついてポケットから両手を出し、駅員に向きなおった。

「今、思い出したよ。切符は、買わなかったんだ」

駅員はぼんやりした顔で、ながい間私を見つめていた。彼の顔は青白かったが、顔色が悪いのか、それとも鬚《ひげ》の剃《そ》りあとのせいで青く見えるのか、それはわからなかった。どちらにしろ、色の白い男であることはたしかだった。

彼はうなずきはじめた。四、五回うなずいた。うなずくたびに彼の顔には、いくぶん歓喜の色を含んだ笑みが拡《ひろ》がっていった。

「そうだろうと思ったよ」やがて彼はそういった。「じゃあ、無賃乗車だ」

「ま、無賃乗車には違いないが」私は笑った。

「何がおかしい」駅員は笑いを消した。

私も真顔に戻り、彼に説明した。「ここまでまっすぐくるつもりだったんだが、一度、途中下車したんだ。それから次にその駅から乗る時、改めてここまでの切符を買おうとしたら、ちょうど電車が入ってきたんだ。それであわてて、切符を買わないでとび乗ったんだ。電車の中で車掌から買うつもりでね」

駅員はじっと私を睨み続けていた。

「ところが考えごとをしていて、車掌から切符を買いそびれた。それをすっかり忘れていたんだ。そういうことって、よく、あるだろう」私は彼の共感を求めた。

だが彼は、今度はうなずかなかった。「無賃乗車を認めるんだな」

「だから、理由は今、説明しただろう」

「なんの理由だ」

少し頭が悪いのかな、と思い、私は駅員を茫然《ぼうぜん》と見つめた。

「結果的に、無賃乗車ということになってしまった、その理由だよ」ひとこと、ひとことを区切って、私は彼にいった。

「無賃乗車は無賃乗車だ。そうだろう」少しいらいらしたそぶりを見せ、小きざみにうなずきながら駅員はいった。「それは認めるんだな」

「まあ、認めなきゃしかたがないね」私は、おもむろにうなずいた。

脣を歪《ゆが》めて、駅員は笑った。「無賃乗車しといて、威張ってやがる」

「悪意はなかったんだ」私は眉間《みけん》に皺《しわ》を寄せて駅員をたしなめた。「人をそんな、犯罪者扱いするのはよくないよ、君。わざとやったわけじゃないんだからね」

「へえ。わざとやったのじゃないっていうのか」彼は鋏《はさみ》をいじりまわしながら私を横眼で見た。「その証拠があるか」

「証拠。そんなものはないよ。馬鹿《ばか》な」

「馬鹿とはなんだ」鋏を握りしめた。

「いや。あんたを馬鹿といったわけじゃないよ」

「今、馬鹿といったじゃないか」彼は私を睨み続けた。

私はたじたじとして、彼の顔から眼をそらした。

勝ち誇ったように胸をそらせて、駅員はいった。「わざとやったんじゃないってことが、どうしておれにわかるんだ。証拠もないのに。そうだろ。証拠がないんだから、おれとしては、あんたがわざと無賃乗車したんだと思うしかないよ」

私はできるだけ悲しげな表情を作り、彼に訊ねた。「わたしが、無賃乗車するような人間に見えるかね」

「見えるね」駅員は高飛車に、おっかぶせるような調子でそういった。「あんた、自分がどう見えると思ってるんだ。いくらいい背広を着ていようが、いくら血色がよくていくら肥《ふと》っていようが、そんなことは問題じゃないよ。だいたい、他人《ひと》に説教じみたことを言うやつほど、平気で悪いことをするんだ」

「わたしのいいかたが気に入らなかったのなら、あやまるがね」私は吐息をついた。「だけど、その、人を犯罪者みたいに言うのだけは、もうやめてくれないか。いや、これはお説教じゃなくて、頼んでるんだがね」

「無賃乗車しといて、おれの口のききかたにけちをつけるのか。あんた、さっきからおれに、けちばかりつけてるな」彼は低い声でぼそぼそとそういった。「じゃ、次はおれにいわせてもらおう」そういってから彼は私に向きなおり、まん丸に眼を見ひらいて声を張りあげた。「貴様は、わざと無賃乗車をやったんだ。無賃乗車したやつが、犯罪者じゃないというのか。勝手なことをいうな。悪いことをしたのがばれたら、いさぎよく、悪いことをしましたといって、這《は》いつくばってあやまれ」

あまりの声の大きさに、切符売場の窓のガラスがびりびりと音を立てた。駅員の唾液《だえき》が私の顔にとんだ。私は息をのみ、怒鳴り続ける彼の顔をただ眺めているだけだった。

「なんだ、なんだ」駅員は私の視線に気がつき、口を尖《とが》らせて突っかかってきた。「なぜそんな、心外そうな顔をするんだ。え。今度はおれに何をいいたいんだ。そんなに怒鳴るなとでもいいたいのか」

私が反省を求める視線を彼に向けたまま黙り続けていると、彼はやや身をひいて眼を細めた。

「そうか。そんなに怒鳴るなと言いたいんだな。そうだろ」

「そうだよ」私は嘆息し、小さな声でいった。「あまりにも失礼すぎるじゃないか。少なくとも私は客なんだからね」

駅員はせせら笑った。「無賃乗車しといて何が客だ」

「いくらだね。『真盛《まさかり》』からここまで」と、私は訊ねた。

「ほう。『真盛』で途中下車をしたんだと言いたいわけか」

「言いたいんじゃないよ。本当にそうなんだよ」私は小銭入れを出した。

『真盛』は、ここからふたつめの駅だ」駅員はにやにや笑いながら、人を小馬鹿にするような眼で私にうなずきかけた。

「そうだよ。あそこに友達が住んでたことを思い出して、それで途中下車したんだ」

「あんたが『真盛』で途中下車をしたなんてこと、どうしておれにわかる」犬歯を見せながら彼はいった。「あんたは『踏屋《ふみや》』の近くから乗ったのかもしれんじゃないか」

「最初は『踏屋』から乗ったんだよ。だけどあそこはこの沿線の終着駅じゃないか。あそこじゃ途中下車はできないし、切符を買わずに乗ることだってできないよ」

「あんた、白痴か」と、駅員はいった。

私は自分の耳が信じられなかった。

「おれはね、あんたが『踏屋』から乗ったとは言わなかった。『踏屋』の近くから乗ったのかもしれんと言ったんだぜ。あんたは右のものを左と言いくるめるのがうまいな。天才的だな。やはりもとから犯罪者の素質があったんだね」

「じゃあ、『踏屋』の近くでもいいよ」と、私はいった。一刻も早く、この改札口を離れたかった。「わたしは『踏屋』からここまでの切符を買ったんだから、料金は憶えている。百六十円だったな。じゃ、百六十円払うよ」

「そうら見ろ。とうとう白状したな」

「何がだね」

「あんたは『踏屋』からここまでの料金は憶えているけど、『真盛』からここまでの料金は憶えていないだろ」

「それがどうしたんだい」

「つまりそれは、あんたが『真盛』から乗らなかったという証拠だ」

「だから言っただろ。電車がきたから、あわてて飛び乗ったんだ」

「あんた、さっき何ていった。切符を買おうとしたら、と言ったじゃないか。切符を買おうとしたんなら、ここまでの料金だって知ってる筈だぜ」

「もう、そんなことはどうでもいいじゃないか。百六十円払うといってるんだから」

「ほう。どうでもいいのか」駅員はわざとらしく意外そうな顔をして見せた。だが、私を言い負かした嬉《うれ》しさが隠しきれぬように唇の隅にあらわれていた。彼は声を低くした。「おい。泥棒が金を盗んでおいて、盗んだ金を返すから許してくれといったって、そいつは駄目なんだぜ。金は金、罪は罪なんだぜ」

「じゃ、罰金を払うよ。それでいいだろ」私は小銭入れをしまって、背広の内ポケットから財布を出した。「罰金は何倍だね」

「財布をふりまわしはじめたな」駅員は私の考えを見透かしたとでもいいたげに、にたにた笑った。「あんたは金持ちらしいな」

「金持ちじゃないさ。だけど、百円や二百円の乗車賃を胡麻化《ごまか》さなくてもいいぐらいの金は持ってるんだ」

「ほう。もしかするとそれは、皮肉じゃないのか。まるでおれが無理やりあんたに、無賃乗車の罪をおっかぶせたみたいに聞えるねえ」

「それを言い出すと押し問答になる。だから私が罰金を払って、それでけりをつけようじゃないかといってるんだ。それでいいだろ」

「よくないねえ」彼はかぶりを振った。「どう見たって、あんたは金持ちなんだよ。いい服着てるしな。血色がいいし、よく肥ってるしな。金持ちは、金を出すのになんの苦痛も感じないだろ。だから金だけですますわけにはいかんよ」

「君はいったい、何をいってるんだ」

背筋を冷たいものが走った。と同時に、幼い頃、いたずら半分の無賃乗車がばれて、車掌からねちねちと説教され、さんざ脅かされた時の記憶が心に蘇《よみがえ》ってきた。

「あんたは早くおれに金を払いたいんだろ。そうだろ。おれに金を恵んでやったような気分になれるからだ。な。そうだな。なぜかというと、あんたはまだ、計画的に無賃乗車したってことを自分で認めていないからだ」

「わたしはただ、いそいでいるだけです」私はわざと馬鹿丁寧にいった。

「なぜ、いそいでるんだ。その理由を聞かせてくれないか。それとも、そんなことをおれに話す必要はないかい」

「話してもいいですよ」私は苦笑して見せた。だが泣き笑いの表情にしかなっていないことは自分でもよくわかった。「ここへきたのは、母親に会いに、自分の家へ帰るためです。ここには私の生れた家がありましてね」

「ああ、郷里《さと》帰りか」彼はいったんうなずいてから、また声を荒くした。「やい。ただの郷里帰りが、どうして一分一秒を争うんだ」

「早く帰りたいだけです」

「また、言うことがさっきと違うじゃないか。さっきはいそいでるっていったぞ。ひとを馬鹿にするのもいい加減にしろ」

私は大きく胸を張った。「ところで、どうすればこの場を早く解放してもらえるのかね」

彼は尊大な様子を作って、わたしの口真似《くちまね》をした。「どうすればこの場を早く解放してもらえるのかね」嘲笑《ちょうしょう》を浮べ、彼は私の鼻さきに顔を近づけた。「急に態度がでかくなったな。この野郎」

「野郎とはなんだ」

むっとして、私がそう言い返したとたん、彼の平手が私の頰にとんだ。

「でかい口をきくな。あんたがたとえ、どこの会社の社長だろうと、重役だろうと、この沿線の電車に乗った限りは、ただの乗客だ。そして無賃乗車をした限りは、運賃泥棒だ。わかったか」

焼けつくようにひりひりと痛む頰を押さえながら、私は彼の勢いに圧倒され、頭をぺこりとひとつ下げてあやまった。「すみません」

「貴様はいったい何者だ。ああん。どこの会社の重役だ。ああん。それとも大地主か」

たたみかけるような彼の調子に、私はどぎまぎしながら答えた。「いえ。わたしはただの、物書きです」

「物書きってなんだ。小説家か」

「そうです」

「へええ。小説家か」彼は意外そうに私を見あげ、見おろし、ややおだやかな口調で訊ねた。「そうか、作家かあ。ふうん。で、なんて名前の作家だい」

「入江又造です」

「ははあ」駅員は眼を大きく見ひらいた。「入江又造か。あの、いやらしい雑誌に、おかしな小説書いてる、あの入江又造か」

私が黙っていると、彼はさらに私の様子をじろじろと観察した。

「あんた、ここの生れかい」

「そうです。『乗越村《のりこしむら》』です」

駅員は、にやりと笑った。「あんた、だいぶながい間ここへ帰ってこなかったな。この辺は四年前から『乗越村』じゃなくて、『乗越町』になってるんだぜ」

「ほう、そうでしたか」私は周囲を見まわしながらうなずいた。「そういえば、七年ぶりです」

駅の附近にはガラス戸をぴったり締めた雑貨屋と駄菓子屋があるだけで、山に向ってのびている街道の両側は青あおとした麦畑、遠くに藁葺《わらぶき》の農家の屋根が三つ、四つ。風景だけは七年前とちっとも変っていない。

「自分の母親をほったらかしといて、七年間も帰ってこなかった、薄情な大作家というわけだな」駅員が唇を歪めてそういった。

「いや。母親には、弟がついています」

「弟がついていれば、あんたは自分だけ七年間も家を出たまま、勝手に大作家になっていてもいいのかい」

私は強い罪悪感に責め立てられ、深くうなだれた。「すみませんでした」

「そういう具合に、すなおにあやまればいいんだよ。どうだ。無賃乗車の方も、すなおにあやまってしまえよ」また話を、ぶり返すつもりらしい。

「それであなたの、お気がすむのなら」と、私はいった。

「お気がすむのなら、なんだい。それであやまってるつもりかい」彼はかぶりを振った。「それじゃあやまったことにならないな。あんたは聾《つんぼ》かね。おれはさっき、なんていった。這《は》いつくばってあやまれ、そういったんだぜ」

私は眼を丸くした。「ほんとに、私に這いつくばらせるつもりですか」

「そうだよ」彼は平然としてそういい、やっと気がついて大きくうなずいた。「そうか。あんたは大作家だったな。大作家ともあろうものが、駅員風情《ふぜい》の前に這いつくばってあやまるなんてことはできない、あんたはつまりそう言いたいわけだな」

「あのう、罰金をお払いすれば、それでいいのではないかと思うのですが」

「何度、同じことをいわすんだ。金では解決がつかないと、さっき言っただろ。頭が悪いね。あんた、ほんとに作家かね。あんたが作家だという証拠が、どこにあるか」

「でも、あなたはさっき、わたしを知っていたじゃありませんか」

「馬鹿。あんたは白痴か。おれが知っていたのは入江又造という作家の名前だけだ。あんたがその本人だとは認めていないぞ」

私は俯《うつむ》き、ぶつぶつとつぶやくようにいった。「そこまで人が信じられないのなら、しかたがない」

駅員は私に近寄り、耳を私の口もとに寄せ、大声で叫ぶようにいった。「え。何。何。なんといった。ちっとも聞えないなあ。そんな小さな声で喋《しゃべ》られたんじゃあ」彼は片方の肩で私の胸をどんと突いた。「もう一度言ってみろよ」また、肩で私の胸を突いた。「さあ。もう一度言ってみろよ。さあ」

「そこまで人を疑うのですか」

「いや、そうじゃない。あんたはこう言ったんだ。そこまで人を信じられないのなら、しかたがない」彼はうなずいた。「そうだな。たしかにそういったな」

私は小さくうなずいた。

「しかたがないというのは、どう、しかたがないんだ。何をされてもしかたがないというのか。そうなんだな。あきらめたんだな。たとえ、ぶん殴られてもしかたがないと、そう腹をきめたんだな」彼は突然、私の顎に握りこぶしを叩《たた》きつけた。

私はげふ、と息を洩《も》らしてよろめいた。

「こうされてもしかたがない、そう思ったわけだろう」右、左、右とさらに数回、彼は両方の握りこぶしで私を殴り続けた。

私は駅舎の柱に凭《もた》れかかった。「それで気がすんだのなら、もう許してもらえませんか」眼の前に、赤い火花が散っていた。

「おれの気がすむ、すまないの問題じゃないよ」彼は荒い息をついていた。「おれがあんたを許して、それでどうなる。どうにもならないよ。そうだろう」

「じゃ、つまりこれは、あなたの一存でやっていらっしゃるのではないと」

「おれの一存で好き勝手ができるわけ、ないだろう」

「では、誰の命令でこんなことを」

「命令ではない。意志を代行してるだけだ。あんたをとっちめてるのは、この鉄道の意志でもあり、この『乗越』という駅の意志でもあり、さらにこの『乗越町』の意志でもあるわけさ。わかったか、この馬鹿」

　その時、おれが乗ってきたのと逆の方向からの電車がやってきて停車した。降りてきたのは、もんぺをはき、手拭《てぬぐ》いで頬かむりをした、老年に近い農婦だった。彼女は片手に大きな風呂敷《ふろしき》包みを下げ、よたよたとプラットホームからおりてくると、駅員に切符を渡し、それからじろじろと私を眺めた。

「ねえ。駅員さん」と、彼女は訊《たず》ねた。「この男の人は、どうしたのかね」

「ああ、そいつは無賃乗車をやったのです」

「へぇえ。そうかね。悪い男だねえ」彼女は立ち去ろうとした。

「ああ、ちょっと。お婆《ばあ》さん」と、私は彼女に呼びかけた。

農婦は立ちどまり、ふり返った。「え。なんだね」

「すみませんが、入江のお婆さんを、ここへ呼んできてくれませんか」

「わたしがなぜ、そんなことを、あんたのためにしてやらにゃならんのかね」

「わたしは、入江の婆さんの息子なんです」

「うそをつきなさい。入江の婆さんにゃ、あんたみたいな息子はないよ」

駅員が苦笑しながら、農婦に説明した。「その男は七年前に家を出て大作家になった、入江又造という作家なんだよ」

「ああ。そういやあたしか、そんな話を聞いたこともあるねえ」農婦はうなずき、また駅員に訊ねた。「で、呼んできてやってもいいのかね」

「うん。頼むよ」と、駅員はいった。「そいつのお袋さんからも、ちょっと聞きたいことがあるんだ」

「じゃ、ちょっと寄って、そう言ってきてやるよ」

「頼みます」私は深ぶかと頭を下げた。

農婦が立ち去ると、駅員はまた私の前に立ちはだかった。私は知らずしらず、首をすくめていた。

「さあ。取調べの続きだ」

「あなたは刑事ですか」

「どうしておれを刑事だなどと思うのかね」

「取調べをするのは刑事でしょう」

「おれは駅員だよ。駅員に取調べを受けるのはいやかね。取調べを受けると、何かやましいことがばれそうな気がするからいやなのかい。さては、やましいことがあるな」

「私は潔白です。やましくありません」

「では、まだ『真盛』で途中下車をしたと、そう言うのか」

「はい」

「友人の家へ行ったといったな。その友人の名前は」

「田加井吾一《ごいち》」

「お前との関係は」

「七年前までは、一緒に小説を書いていた友人でした」

「そいつは作家になれなかった。でお前は、その友人のところへ大作家になった姿を見せようとして立ち寄った、そういうわけか」

「とんでもない」

「違うんだって。言ってやる。じゃ、他にどんな理由があって寄ったんだ。七年間、音信不通だったくせに。田加井吾一なんて名前の友人は、お前にはいない。『真盛』で下車したなんて、出たらめだろう。さっさと吐いてしまえ」

「いえ。ほ、本当です」

「そんならその友人の住所を言ってみろ」

「ええと。たしか、『独鈷山《とっこやま》』というところです」

駅員は爆笑した。「わはははは。そんなおかしな住所があってたまるか」

「いえ、今はどうか知りませんが、その頃はたしかにそういったんです」私は力をこめてそういった。

駅員はじっとおれの顔を眺めた。「いくらお前が力んで言ったって、こっちはさっきからお前の嘘八百《うそ》にげっそりしてるんだ。ぜんぜん信じる気になれんよ」

「わたしが作家だからですか」私はすすり泣いた。「小説家のいうことなんか信用できないと、そうおっしゃるのですか」

「自分でよくわかってるじゃねえか」駅員は小気味よさそうにせせら笑った。「その通りだよ。そんなにいうのならついでに、その友人の家へ寄ってどんな話をしたか、その内容もでっちあげて見ろ」急に大きな声で怒鳴りつけた。「さあ。話して見やがれ」

「友人はいませんでした。どこかへ引越したらしくて」

「なるほど。話は意外だった方が本当らしく聞える、ってわけだな。だけどな、それだとつまり、あんたが『真盛』で途中下車したことを証明する人間がいないってことなんだぜ」

「『真盛』の駅員さんが憶《おぼ》えてるかもしれませんよ」

「だからおれに『真盛』に問い合せてみろと、そう命令してるわけだな」

「いえ。命令などと、そんな」

「おれはお前のいう通りにはしないぞ」

若い駅員がまた大きな声を出した時、中年の駅員が雑貨店の裏の麦畑から、茶色い紙包みをかかえて駅へ戻ってきた。日に焼け、無精髭《ぶしょうひげ》をはやした四十五、六の駅員だった。

「いいものを拾ったぞ」と、彼はいった。

「なんだい」

「捨て猫だ。仔猫《こねこ》が四匹入っている」彼は紙袋の口を開いて見せた。

若い駅員がのぞきこんだ。「なるほど」

「その男は、なんだい」

「無賃乗車をしたんだ」

「ほう」中年の駅員はじろじろと私の服を眺めた。「いい服を着てやがるなあ」

そして彼は切符売場のボックスへ入り、椅子《いす》に腰をおろした。電気焜炉《こんろ》に鍋《なべ》をかけ、紙袋から生きた仔猫を出し、首の骨をへし折って一匹ずつ鍋の中へ入れ、四匹とも殺して鍋の中へたたきこみ、鍋の蓋《ふた》をした。

「煮えたら教えてくれよ」と、若い駅員がいった。

私は身ぶるいした。自分自身の運命を見る思いがしたからだ。一刻も早く、ここを逃げ出したいという思いがますます切実となった。あの中年の駅員は、猫の首をへし折るように、顔色も変えず私の首をへし折るだろう、私はそう思った。

財布の中から一万円札を三枚、顫《ふる》える手で抜きとる私の様子を、若い駅員は興味深そうにじっと睨《にら》んでいた。私は彼に、その金を押しつけた。若い駅員はうなずいて金を受け取り、ポケットへ納めた。私はいそいで駅舎を出ようとした。

「おい。あんた。どこへ行く」駅舎から二、三メートルのところで駅員は私に追いつき、私の肩に手をあてた。「まだ、行けとはいってないぞ」

私は驚いて振り返った。「だって、今」

「今、なんだね。おれが、もういいから行けとでも言ったかね。え。どうだ」

「いいえ」

「そうだろ。言ってないだろ。そんなこと、おれが言う筈はないよ。だってまだ話は終っちゃいないんだものな」彼はにたりと笑った。「どこへ行くつもりだ」

「あの、い、家へ」

「あんたのお袋さんは、おっつけここへやってくるんだぜ。家へ行く必要はないじゃないか」彼は私の肩をかかえ、なだめるようにうなずきかけながら、力ずくで私を駅舎につれ戻した。「それとも、ここにいるのがいやかね。おれの顔を見てるのはつらいか。もう、一刻も早く、おれから逃げ出したいかい」

「そういうわけではありませんが、でも、そのために今、その、お金を」

「金だと」中年の駅員が、切符売場から出てきて訊ねた。「金がどうした」

「なあに、この男はね、自分もその猫の鍋ものを食いたいといってるんだよ」若い駅員がポケットから三万円を出し、中年の駅員に渡した。「ほら。この金で、少し食わせてくれっていってるんだ」

「ほう、そうか。そうか」中年の駅員は喜んで金を受け取った。「三枚か。じゃあ、三杯分あるな。よろしい。当駅自慢の猫スープ、三杯食わしてやるよ」

「いえ、け、結構です」

「結構とは」中年の駅員が眼をしょぼしょぼさせながら私を見つめた。「結構とはなんだね。このうまそうな猫のスープ、こいつを欲しくないとでもいうのかね」

「は、はい。あの、遠慮させて頂きます」

「なんだ。遠慮してるのか。あはは」口をあけ、虫歯を見せて彼は笑った。「遠慮なら無用だよ、あんた」

「いえいえ、遠慮しているのではなく、本当にその、食べたくないので。はい」

「ほんとに食べたくないのかね」

「はい」

「食べたくない」彼は胸をそり返らせ、眼を丸くした。「ほんとに食べたくないのかね」

「はい」

中年の駅員は、私に顔を近づけた。「食べたくないのなら、あんた何故《なぜ》、こんな金を出したんだね。この金はなんの金だね」

若い駅員が、私を睨みながら横から口を出した。「そうだ。猫のスープを食いたくないのに、なぜそんな金を出したんだね。あんたはいったい何のつもりで、その金をおれに寄越したんだ」

「は。それはその」私はどぎまぎした。

「おい。お前まさか」若い駅員は中年の駅員を押しのけて一歩前に出、私とまともに向いあって白い歯を見せ、唸《うな》るような声を出した。「まさかこのおれを買収するつもりで、その金を出したんじゃあるまいな」

「あ」中年の駅員が、やっとそれに気づいたという様子で、また口を大きく開いた。「そうか。きっとそうだ。きっとそうだぞ。こういう、いい服を着た中年の男は、すぐに人を買収しようとするんだ。きっとそうだ」

「おまけにこいつ、作家なんだよ」と、若い駅員が説明した。「だから、あとでおれを買収したいきさつを小説に書くつもりなんだ」

「やあ。そうに違いない」中年の駅員がおどりあがり、あたりを跳び歩いた。「そうに違いないぞ。もう、そうに決った」

「こいつは、自分が悪いことをしておきながら、おれの態度に腹を立てているんだ」若い駅員はそういった。「だからおれが金を受け取ったことを何かに書いて、おれに復讐《ふくしゅう》しようとしているんだ」

「やあ。もう、そうに違いないぞ」中年の駅員は、あたりを踊りまわった。「すちゃらかちゃん、すちゃらかちゃん」

そういった気持も、ないことはなかった。私はうなだれたまま顫え続け、力なくかぶりを振るしかなかった。

「どうなんだ。そうに違いあるまい」若い駅員が一喝した。

私はへたへたと、駅舎のコンクリートの上へ正坐《せいざ》し、土下座してしまった。「そういわれてみればそうに違いありませんでした。悪うございました」嗚咽《おえつ》した。「自己批判いたします。お、お許しください」

若い駅員は私の顎《あご》を、靴の先で強く蹴《け》りあげた。私は仰向《あおむ》きにひっくり返った。鼻から血が噴出した。何か言おうとすると、口からも血が出た。

「君、君い」中年の駅員が、あわてて若い駅員をとめた。「やめろよ。そんな乱暴な。何も暴力を行使してまでこらしめなくても」

「だってこいつは、おれに暴力を振るったんだぜ。札びらを切るというのは、やっぱり暴力だろ」

「ふん」考えこんだ。「そういえばそうだな」顔をあげ、彼は若い駅員に訊ねた。「とすると、おれも暴力を振るわれたことになるんじゃないかね。つまりこいつは、このおれも買収しようとしたことにならないかね」

「そうかもしれないね」若い駅員はうなずいた。「あんたはおれの上役だからね。おれが収賄《しゅうわい》すれば、当然あんたの責任問題だね」

「するとこのわしも、この男にお返しをしてもいいわけかね」と、中年の駅員はいった。「この男に暴力を振るい返しても」

「いいんだよ。もちろん」若い駅員は私に念を押した。「な。そうだな。文句はないな」

私は這《は》いつくばったまま、呻《うめ》くように答えた。「はい。もう、何をされてもいたしかたございません」言い終るなり、げほげほと咳《せ》きこんだ。コンクリートの上に血がとび散った。

「おうおう、可哀想《かわいそう》に。可哀想に」中年の駅員がおれを助け起し、駅舎の外へつれ出した。

若い駅員も、ついて出てきた。

駅舎の前の路上に私を立たせた中年の駅員は、私から一歩はなれて握り拳《こぶし》を作り、身がまえた。「可哀想だが、悪く思うなよ」力まかせに私を殴りつけた。

私はうしろへ数メートルふっとんだ。

若い駅員が私をとらえ、ふたたび私の顎に鉄拳《てっけん》をめり込ませた。私はまた、ふっとんだ。路上でキャッチ・ボールが始まり、私はふたりの駅員の間を十数回往復した。

「あっ。猫が煮えた」中年の駅員が駅舎に駈けこみ、切符売場のボックスへとびこんでいった。

ちょうど若い駅員に殴られたばかりだった私は、きりきり舞いをしながら数メートルふっとんだが、誰も支えてくれるものがないままに路上へ倒れ伏した。若い駅員も、私を殴るのに気力を使い果したらしく、そのまま道路に尻《しり》を落して荒い息をついている。

私は倒れたまま、うっとりと眼を閉じた。どこかの木で蟬《せみ》が鳴いていた。正午を少し過ぎた頃らしく、日射《ひざ》しは強い。

「まあま。駅員さん。ほんとにまあご迷惑をおかけしまして」母親の声がした。「うちの長男が、無賃乗車をしたとか。まったくあいすまんことでございます。はい」

私はゆっくりと起きあがった。老いた母が若い駅員と立ち話をしていた。母の横にいるのは私より六つ歳下《としした》の弟である。母も弟も、畠《はたけ》に出ていたらしく、野良着《のらぎ》のままだった。

「その男ですよ。あんたの息子に違いないかね」若い駅員が私を指さした。

「はいはい。そうに違いありません」母が私をひと眼見て顔をしかめ、駅員へていねいに一礼した。

「聞きたいことがあるんでね。ま、こっちへきてください」駅員は駅舎に入った。

「馬鹿《ばか》」と、母は私を罵《ののし》った。「歳をとっても、まだその馬鹿がなおらないのか。さあ、早くこっちへおいで」

私は母と共に駅舎に入った。弟も、にやにや笑いながらついてきた。

「ほんとにこの長男ときたら、小さい時分からぐうたらで、親に迷惑ばかりかけて、無責任で。はい。申しわけありません」母がぺこぺこと駅員に頭を下げた。「この、弟の方はよくできた息子なんですけどねえ」

弟が軽薄そうな鼻をひくひくさせ、自慢げに笑った。「ははは。あははは」

あたりには白い湯気とともに、いやな臭いが立ちこめはじめた。中年の駅員は切符売場の中で、煮えくり返った鍋の底を杓子《しゃくし》で搔《か》きまわしている。

「肉と骨が、はなれはじめたぞ。けけけけけ」

「この男は、つまりあんたの長男は、小説家の入江又造だと自称してるけど本当かね」

「はあはあ、まあね」母は軽蔑《けいべつ》の笑いを洩らした。「つまらん小説を、飽きもせずだらだらと書いてるようですねえ。才能もあまりないのに。もともとこの子に小説の書きかたを教えたのは、この次男でしてねえ」

そんな事実はなかったが、私は黙っていた。

「ははは。あははは」弟はまた鼻をうごめかし、眼玉をぐりぐりと剝《む》いて駅舎の天井を見あげながら、誰に言うとなくいった。「うちの兄弟は、下の方が現代的な感覚を持ってるんだよ」

「才能はたしかに、次男の方があるようですね」と、うなずきながら母は駅員にいった。「長男は馬鹿です。これはもう、家族みんなが、そう言ってますので」

「しかし、馬鹿は小説を書けんのじゃないかね」猫を煮ながら、中年の駅員が大声でそういった。「少しは才能がないと」

「ちょうど、こいつの書いた小説、持ってるよ」次男はポケットから新聞を出した。そして私の連載小説が掲載されているページを開き、できるだけいやらしい口調でゆっくりと読みはじめた。

「彼は、彼女と」

私は身をすくめ、顔を火照《ほて》らせながらじっと侮辱に耐え続けた。弟の行為は、私に、十年ほど前、私がまだ家にいて、父親が生きていた頃のことを思い出させた。そのころ私は家族に馬鹿にされながらも売れない小説を書き続けていた。父に見つかると厭味《いやみ》を言われるため、私はいつも皆が寝静まった頃にごそごそと起き出し、原稿用紙に向っていた。ところがある夜、創作に没頭していた私の背後へ、いつのまにかしのび寄ってきていた父親が、書きかけの原稿を私の頭越しに読みはじめたのである。できるだけいやらしい口調で、ゆっくりと。

「彼は、彼女の」

あの時ほど、自分の書いているものがこの上なくつまらないものに思えたことはなかった。作家になる気を失わせるほどのことはなかったが、父親の意図は充分私に通じたわけである。今、弟がやっていることも、あの時の父親と同じ心理状態から出た行為に違いなかった。

「と、言って、彼は、彼女に、別れを、告げたの、で、あった。うわあ」弟は新聞連載の一回分を読み終り、新聞を折りたたんでポケットへ入れ、皮肉にぱちぱちと手を叩《たた》いた。

母親と駅員が、軽蔑の笑みを浮べ、私の顔を見つめながら弟の真似《まね》をしてぱちぱちとゆっくり手を叩いた。

弟は眼玉を剝き出し、顔を私の前に突き出した。憎悪《ぞうお》に歪《ゆが》んだ笑顔で彼はいった。

「おい兄貴。これ、小説かい。え。これが小説なのかい。自分でこれが小説と言えるかい。今のを聞いてどうだい。はずかしいだろ。どうだ」

私が黙っていると、弟は怒りに身をゆだねて怒鳴りはじめた。「なんだ。有名になったと思って偉そうにしやがって」私の頬を殴りつけた。

私はよろめいて、若い駅員に凭《もた》れかかった。

「まあ、殴られてもしかたがないな」と、駅員はいった。「七年間も帰ってこなかったんだものな」

「帰ってきたって、どうってことはないけどねえ」母親が面倒臭そうにいった。

「家でごろごろするだけだから、世話が焼けて。あははははは。ま、帰ってこない方がよかったですよ」

「わざと、有名になるまで、七年間も帰ってこなかったんだ」と、弟がにくにくしげにいった。「有名になったもんだから、その姿を見せびらかして偉そうにするため、帰ってきやがったんだ」

「そいつはよくないなあ」と、中年の駅員が切符売場の中でいった。「さんざ親に迷惑をかけた末にぷいと家を出て、そのまま七年間も音沙汰《おとさた》なしっていうのはよくないよ。自分ひとり有名になり、金を儲《もう》け、いい服を着てうまいものを食っていながら、七年間も帰ってこなかったっていうのはいけないねえ。あんたはお袋さんに育ててもらったんだし、弟さんのために作家になれたんだからねえ」

「いいえ。いいんですよ、本当に」と、母親がいった。「わたしはほんとに、今までこの子が帰ってこなかったために助かっていたんですからね。痩《や》せ我慢なんかじゃなく」

「見ろ。お袋さんはお前をかばって、わざとああ言ってくださってるんだぞ。ありがたく思え」若い駅員は握りこぶしで私の後頭部をがんと小突いた。

「そうじゃないって言ってるのに」母親は苦笑しながらも吐息をついた。そして弟の背中を叩いた。「この子がいてさえくれりゃ、わたしはいいんですよ」

「弟さんだって、お前の代りに野良仕事をし、七年間もお母さんの面倒を見てきたんだからな」と、駅員はいった。「お前はみんなに迷惑をかけてるんだ。おれたちにだって、無賃乗車で迷惑をかけてる」

「その通りです」私はうなだれ、深く反省した。「わたしはやくざな人間です」

「口さきだけさ」弟は嘲笑《ちょうしょう》した。「いつもそうなんだ。本気でそんなこと思っちゃいないよ、こいつ」

「あるいは、開きなおってるのかもしれないな」と、若い駅員がいった。「こいつ、どこまでも図太いやつだから、作家ってのはもともとやくざな人間なのだといって、開きなおってるつもりかもしれんよ」彼は私の尻を靴で蹴とばした。

私は数メートル前方へすっとび、俯伏《うつぶ》せに倒れた。

「ま、あんたはいわば、七年間も無賃乗車をしてきたわけだ」と、中年の駅員がぶっ倒れたままの私にいった。「皆に迷惑をかけ、自分の責任も果さないで勝手放題のことをしてきた。その借りはやっぱり、きちんと返さなくちゃいけないね」

「そうとも、だからさっきの三万円だってただ取りあげたってよかったんだ。おい。もっと金を持ってるんだろ。そいつも寄越せよ」若い駅員が倒れている私の内ポケットへ手を突っこみ、財布を抜き取って中をのぞきこんだ。「なんだ、一万円札があと一枚しかないぞ」彼は私の背中を踏んづけた。「おい。こりゃあいったい、どうしたことだ。たった四万円しか持たず、しかも手ぶらで旅行するなんて。おまけに故郷へ帰ってきたというのに、手土産もなしか」

「そういう人間なんですよ」と、母が投げやりにいった。

「金は、旅さきの銀行から引き出すのです」私は、蚊の鳴くような声でいった。

「買いものは、カードでするのです」

「威張ってやがる。威張ってやがる」弟はそう叫びながら私の胸ぐらをつかんでひき起し、駅舎の柱に私のからだを凭れかけさせておき、自分は駅舎から走り出て街道を十メートルばかり彼方《むこう》へ駈《か》けていった。「威張ってやがる。威張ってやがる」

十メートル彼方で弟は立ちどまり、振り返って私を睨《にら》みつけた。「威張ってやがる。威張ってやがる」猛然と、彼は私に向って駈けはじめた。「威張ってやがる」

弟は私に近づくと飛びあがり、足で私の胸をはげしく蹴った。

「ぐほ」私は大量の血を吐き、よろめきながらしばらくふらふらとあたりをさまよい歩いた末、切符売場の中にいる中年の駅員の足もとへ倒れ伏した。

「どこの銀行からでも金が引き出せることを自慢してやがるんだ。カードで買いものができることを自慢してやがるんだ」弟は私に指をつきつけながら、そう繰り返した。「威張ってやがる。威張ってやがる」

「ふん。いいスープができた」杓子で味見しながら、中年の駅員がいった。

「そいつから四万円受けとった」と、若い駅員がいった。「だから、四杯分食わせてやってくれ」

「四杯分かあ」中年の駅員は鍋の中をのぞきこんだ。「四杯分というと、これ全部やっちまうことになるなあ」

「まあ、いいじゃないか」

「うん。ま、いいか」

結構です、と叫ぼうとしたが、咽喉《のど》が血の塊りのようなものでふさがっていて声が出ない。

若い駅員が、仰向《あおむ》けに横たわっている私の両腕を、しっかりと押さえつけた。母が私の右足を、弟が私の左足を押さえつけた。中年の駅員は鍋《なべ》を電気焜炉《こんろ》からおろし、ゆっくりと持ちあげた。そして立ちあがった。

「さあ、小説屋の先生。口を大きく開きなさいよ。さもなきゃあスープが顔にとび散って大火傷《おおやけど》、ふた眼と見られぬ顔になるよ。それじゃ商売にさしつかえるだろ」

中年の駅員は念仏を唱えているような口調で私にそういった。「さあ口を大きく開いて」

私は口を大きく開いた。

中年の駅員は私の顔のま上で鍋を傾けた。煮えくり返った猫のスープが滝のように私の口の中へだぼだぼと流れ込んできた。

「飲みこんで。飲みこんで」中年の駅員は、あいかわらず念仏調の抑揚をつけながら喋《しゃべ》り続けた。「熱いだろうが飲みこんで。よく味わって飲みこんで。熱いからこそうまいんだ。熱いからこそうまいんだ。熱いけれども我慢して。我慢すりゃこそうまいんだ。呼吸《いき》をとめてはいけないよ。呼吸《いき》をとめてはいけないよ。火傷してでも飲みこんで。飲みこまなければ死んじゃうよ。呼吸《いき》ができなくなっちゃうよ。飲みこまなければ死んじゃうよ。咽喉につまって死んじゃうよ。飲みこまなければ鼻から出るよ。鼻がつまって死んじゃうよ。さあ飲みこんで飲みこんで」

私は焼けただれた咽喉の筋肉をけんめいに動かして、スープを飲みこみ続けた。口の中全体が焼けただれていた。舌も焼けただれていた。胃も、焼けただれている筈《はず》だった。だが、しかたがないと思った。七年間の無賃乗車の罪を、今こそ償っているのだと、私は思った。原罪を償っているのだ、そう思った。また、もしもすべての作家に共通した宿罪というものがあるとすれば、それも償っているのだと思った。私は煮えくり返った猫のスープを飲みこみ続けた。私は煮えくり返った猫のス

ープを飲みこみ続けた。私は煮えくり返った猫のスープを飲みこみ続けた。私は鍋いっぱいの煮えくり返った猫のスープを全部飲んでしまった。

「全部飲んでしまったぞ」と、中年の駅員がいった。

「うまかっただろ」と、若い駅員がいった。

「さぞかし、うまかっただろう」と、母がいった。

「そりゃあもう、どうせうまかっただろうさ」と、弟がいって、私を助け起した。

私はだぶだぶに膨れあがった腹の重さによろめきながら、やっとのことで駅舎の柱にもたれかかった。私のその様子を駅員と家族はにこやかに見守っていた。

「少し楽にしてやろうか」そういって若い駅員が私に近寄り、私の腹にこぶしをめり込ませた。

「ぐふ」

私は一、二合のスープを吐いた。そのスープの中には仔猫《こねこ》の白い和毛《にこげ》が大量に混っていた。

また、電車が着いた。今度は私がやってきたのと同じ方角からの電車だった。そして今度も、プラットホームへ降り立ったのはたったひとりだった。

い身装《みな》りをした小肥《こぶと》りのその紳士は、ゆっくりと改札口に近づいてきた。紳士の顔には一面、白い毛が生えていた。鼻さきだけが黒かった。陽光が、紳士の顔の白い毛の一本一本をくっきりと浮き立たせ、光らせていた。その紳士は、猫の顔をしていたのである。

紳士は若い駅員に切符を渡しながら訊《たず》ねた。「わたしは、自分の子供たちを捜しているのだがね。四匹の仔猫だ。あんた、わたしの子供たちを知らないかね」

若い駅員は私を横眼で見ながら微笑し、うなずいた。「ああ、その仔猫たちなら知ってますよ。でも、スープになってしまいましたよ。そして、食われてしまいました」

まん丸だった紳士の眼が、さらに大きくなった。「誰が食った」

ふたりの駅員、そして母と弟、四人がいっせいに片手をあげ、私を指さした。

猫の紳士は私に向きなおり、ゆっくりと近づいてきた。見ひらいた彼の眼いっぱいに、黒い虹彩《こうさい》が拡《ひろ》がっていた。その虹彩には、もはや死相を浮べている私自身の顔がはっきりと映し出されていた。

(「小説現代」昭和四十七年七月号)

懲戒の部屋

いつもの通り、中央線の車内は混んでいた。

身動きもできないくらいである。

大学を出て以来サラリーマン生活十五年になるが、休日を除いて毎朝おれは同じ電車の同じ車輛《しゃりょう》に乗り、このいっこうに改善されることのないはげしい混雑に約三十五分間身を委《ゆだ》ねるのだ。シートに腰をおろしたことなど一度もない。

最近は男がシートに腰をおろしていると非人間扱いされる。シートには女性を掛けさせなければならないのだ。男が掛けていると、周囲の女たちから睨《にら》みつけられる。立っている女から立ちなさいと命令されることさえある。時には男のくせに女に味方して「さああなた、女の人に席を譲りましょう。ね、さあ、立って立って」などと言い出す腑《ふ》抜《ぬ》けのサラリーマンまでいるから始末におえない。

その朝も、シートはすべてサラリーガールが占領し、おれはドアの近くの通路に立たされていた。おれの真正面でこちらに顔を向けて立っている背の高い男は肝臓が悪いらしくて、さっきから二日酔いの酒臭い息をおれの顔へまともに浴びせかけ続けている。しばらくは我慢していたものの、やがて胸がむかついてきてついに耐えられなくなり、おれはぐいと身をよじってからだの向きを変えようとした。

その時、横にいたオールド・ミスらしいサラリーガールがこちらへ顔を向け、大きな小鼻をふくらませておれに叫んだ。

「何するんです。いやらしい。さっきからわたしのからだをなでまわして」

周囲の乗客が、いっせいにこちらへ顔を向けた。

「やめなさい」女はおれを睨みつけた。

「ぼくは何もしない」おれはびっくりして、そういった。「人ちがいです」

「何いってるんです。しらじらしい」おれに否定されて、彼女の黒く沈んだ顔色は赤黒くなった。「わたしの顔をじろじろ見ながら、ずっとお尻《しり》をなでまわしていたじゃないの」

二日酔いの男と、他に数人の男が、おれと女を見くらべながらげらげら笑った。

そのため、女はますます逆上したらしい。眼つきが凄《すご》くなってきた。「保安官につき出すわよ」

とんでもない冤罪《えんざい》である。

「失敬な、言いがかりもはなはだしい」おれは腹を立て、彼女を睨みつけた。「はっきりいうが、ぼくは何もしていない。これ以上ひとを侮辱するのはやめなさい」ぷいと横を向いた。

「どっちが侮辱なのよ」女の声はだんだん高くなってきた。ヒステリーらしい。たいへんな女につかまったものである。天災だ。「言いがかりとは何ですか。自分こそ痴漢のくせに、ひとを悪者にする気なのね。承知しないわよ」

「どう承知しないというんです」乗客たちから本当に痴漢と思われては大変である。おれは彼女より大きな声で怒鳴った。「証拠もないのに、痴漢とはなんだ」

「スカートの下へ、手を入れたじゃないの」

「そんなことするもんか」

彼女は絶叫した。「したわよ」

乗客たちは騒ぎはじめた。

ここぞとばかり、女は周囲に向かって訴えかけはじめた。「どうでしょ。このずうずうしいこと。恥ずかしいと思わないのよこのひと」

「何の証拠があって、ひとを痴漢よばわりするんだ」顔から血の気の引いていくのが自分でもわかった。

「証拠ですって。証拠ですって」女は、あきれはてたという表情でまわりを見わたした。「そんなこと、あなたの顔を見れば誰にだってわかります」

「なんだって」そうまで侮辱されては我慢できない。おれはかっとして女を怒鳴りつけた。「馬鹿《ばか》をいえ。誰があんたみたいな女に手を出すもんか。自分の顔のことを考えてものを言え」

女は眼を見ひらき、口をぱくぱくさせた。「ま。わたしの顔がど、どうだっていうの」

「トラフグみたいな顔してるくせに」言ってから一瞬しまったと思ったがもう遅い。

女が頬をはげしく痙攣《けいれん》させた。

「まあひどい」

「失礼な男ね」

少しはなれたところに立っていた二人づれの若い女たちが大袈裟《おおげさ》に眉《まゆ》をひそめ、聞こえよがしにそういってうなずきあった。

「なんてことを。なんてことを」女は怒りのあまり口がきけなくなってしまったらしく、唇をぶるぶる顫《ふる》わせ、さらに口を大きくぱくぱくさせた。口の奥の虫歯がまる見えである。「ひ、ひどいことを。女性に対して」

「女とは思わないね」おれは最後のとどめのつもりでそう断言し、ふたたびそっぽを向いた。

しばらく、車内は静まり返った。

「あんまりだわ。自分が悪いことしときながら」

「ご覧なさいよ。あの頑固そうな顔」

「いやらしい眼つきね。ぞっとするわ」

さっきの二人づれが、また声高に喋《しゃべ》りはじめた。

「気の毒だわ。あの女のひと」

「どうしてみんな、何とか言ってあげないのかしら」

男たちはみんな黙ったままで車の天井を見つめたり、車内吊《づ》りポスターをけんめいに凝視したりしている。

あちこちで、次第に女たちが騒ぎはじめた。

「許せないわ。あのひどい言いかたは」

「自分のしたことをあやまりもしないで」

「保安官につき出してやりましょうよ」

女たちはすでにおれが痴漢だと決めてしまったらしい。保安官などにつき出されてたまるものか。どうして女というものは、こんなに徒党を組みたがるのだろう。こんなことになるなどとは数分前まで夢にも思っていなかった。まったく、どえらい悪夢が襲ってきたものである。

「わたし、見てましたわ」トラフグの横に立っていたキツネそっくりの顔つきの女が、決心したようにこわばった表情でおれを睨みつけ、だしぬけにそう言いはじめた。「この男のひと、たしかにこのかたにいたずらしたわ。わたし知ってます」

「ごらんなさい。ごらんなさい」トラフグが嬉《うれ》しげに眼を輝かせ、きいきい声をはりあげた。「証人もいるのよ。ほら。ちゃんと証人もいるのよ」

「これは暴力だ」おれはうろたえた。もう黙ってはいられない。「どうしてあんたは横からそんな出たらめをいう。ひとがどれだけ迷惑するか考えないのか」

キツネは眼をさらに吊りあげ、ぎすぎすした固い声でいった。「ひとに迷惑をかけているのは、あなたじゃありませんか」

正義漢ぶって胸を張ったキツネにはげまされ、二人づれが大声で周囲に語りかけはじめた。

「次の駅でこのひと降ろしましょうよ」

「そうよ。そして保安官に連絡しましょう」

トラフグがおれを見据え、勝利の笑みを頰に浮かべながらいった。「やましいところがないのなら、保安官に堂堂とそうおっしゃい。とにかく、次の駅でいっしょに降りてもらいますからね」

そんなことをしては遅刻してしまう。その上今日は、朝一番に得意先の工場へ行き、機械の納品と設置を指導しなければならないのだ。

「そんな暇はない。いそぐんだ」苦りきって、おれはそういった。

「あらまあ。おいそがしくていらっしゃるのね」キツネがうす笑いを浮かべ、冷やかすような口調でそういった。「でも、来てくださいね」

「自分だけいそがしいみたいに思って。まるでわたしたちが暇をもてあましているみたいじゃないの」トラフグがそっぽを向き、吐き捨てるようにいった。

「このひと、だいたい女性を侮辱してるのよ。助平のくせに」

「奥さんの顔が見たいわ」

二人づれが今や敵意を露骨に見せ、おれに悪口を投げつけてきた。睨みつけてやったが効果はぜんぜんない。

「おれは降りないぞ」憤然として、おれはいった。「どうしても行かなきゃならん仕事がある」

「あら。そうなの」キツネが鼻さきで冷笑した。「そんなこと、わたしたちの知ったことじゃないわ」そして彼女は、ねえといってトラフグとうなずきあった。

次の駅で降ろされては一大事である。おれはあわてて人をかきわけ、さらに車輛の中央部へ入って行こうとした。二人づれがおれの前へ立ちふさがった。押しのけようとすると、彼女たちはわざと大きな悲鳴をあげた。

「痛い。痛い」

「何するのよ。エッチ」

これでは手も足も出ない。ついに男たちまでおれを睨みはじめた。

やがて電車はお茶の水駅構内へすべり込み、停車した。

満員の国電ではドアが開いた場合、その近くにいる数人はいったんプラットホームに降りなければならない。そうしないと、奥にいる乗客が降りられないからである。

「おい。そこ、降りろおりろ」

おれは女たちに取り囲まれたまま、ドアの方へ押し流されそうになった。

「降りないよ」おれはあわててもがいた。

「降りなさい」と、女たちが口ぐちにいった。

「降りないよ」

「降りなさいったら」

「だれか男のかた、手つだってください。この男を降ろすんです」

ついに、あの二日酔いの男がおれの背中をぐいぐいとドアの方へ押しはじめた。

「何をする」おれはびっくりしてふりかえり、彼にいった。「男のくせに、女どもに加勢するのか」

だが男はおれの顔から眼をそむけたまま、おれのからだを黙って押し続けた。とうとうおれは女たちに囲まれたまま、プラットホームに押し出されてしまった。

「さあ。行きましょう」女たちはおれをまん中にして駅の階段を降りはじめた。

「早く降りなさい」キツネがうしろから、おれの後頭部を指さきで小突いた。

女たちを突きとばして逃げ出そうかとも思ったが、何も悪いことをしていないのにそんなことをするのはいやだし、そんなことをしてさらに捕まったりしたら、こんどは本格的に犯罪者扱いされるだろうし、自分で罪を認めることになるから、おれはしばらくおとなしくしていることにした。

保安官詰所は駅構内の地下にあるコンクリートに囲まれた三坪ばかりの小さな部屋だった。中にいたのは牛のように巨大な体軀《たいく》の、眼鏡をかけた女の保安官である。しまった、これは助からない——おれはふるえあがった。

女たちはおれに喋る暇をあたえず、口ぐちに保安官に向かって説明しはじめた。それによればおれは公衆の面前であることを何ら意に介さず数人の女性に対して強《ごう》姦《かん》すれすれの猥褻《わいせつ》行為をはたらいただけでなく、暴力さえふるったというのである。そんな曲芸みたいなことが、あの満員電車の中でできてたまるものか。

「ぜんぶ出たらめだ」おれはびっくりして叫んだ。「身におぼえがない。なぜこんなことを言われるのか、わけがわからない」

「まああきれた。証人がこれだけいるのに、まだしらを切るつもりなのね」

「あれだけ、けだものみたいなことをしておきながら」

「じゃあ、あなたの言い分を聞こうじゃないの」女保安官がおれを椅子《いす》に掛けさせ、テーブルをはさんで向かいの椅子に掛けた。「さあ。いいなさい。何をしたのか」

「ぼくは、何もしていないんです。ほんとうです」おろおろ声で、おれはそういった。

「何もしてないってことはないでしょう」彼女は苦笑した。「この人たちだってお勤めがあるんですよ。何もしていない人を、わざわざ会社に遅れてまでこんなところへつれてきたりするわけがないじゃないの」

おれの両側に立っている女たちが、わが意を得たりとばかり大きくうなずいた。

「ほんとよ」

「そうよねえ」

だけど実際、その通りなんだからしかたがない。

「このひとたちは、仕事が嫌いなんでしょうよ」と、おれはいった。「会社へ行くのがいやなんだ。だからこんなことで道草を食いたがるんだ。そうとしか思いようがない」

わっ、といっせいに女たちが騒ぎ出した。

「職業女性に偏見を持っているわ」

「女は家庭でじっとしていろといいたいのよ、このひと」

「何よ、えらそうに」

「まるで私たちが会社で遊んでいるみたいじゃないの」

「遊んでるじゃないか」おれは怒鳴った。「今だって遊んでるじゃないか、こんなことをして。君たちは楽しんでるんだ」

「自分だって、電車の中でさんざん楽しんだくせに」トラフグが次第に猥《みだ》らなうす笑いを浮かべ、おれをじろじろ見てそういった。

「何もしていない。何度いったらわかるんだ」おれは怒鳴り続けた。「こっちは迷惑だ。君たちとちがって、でかい仕事が待っているんだぞ」

「まあまあ。商売熱心なのね」トラフグが眼を細めて口を歪《ゆが》めながらいった。「ふん、大きな声を出せばひとが驚くと思ってさ」

「ホットな人間——というわけね」キツネが知ったかぶりをしてそういった。「マック・リューハン式にいえば」

「マクルーハンだ」

「どうでもいいわよ、そんなこと」キツネがまた眼を吊りあげて絶叫し、憎悪《ぞうお》に満ちた視線でおれを睨《にら》みつけ、低く吐き捨てた。「しめ殺してやりたいわ。こいつ」

「この女たちは」とおれは保安官に早口で喋った。「男を憎んでいるんですよ。こういうヒステリーだから誰も相手にしてくれない。そこでだんだんオールド・ミスになっていく。欲求不満でますますヒステリーになる。男全体を憎みはじめる。だが欲求不満は解消されない。そこで男にいたずらされたいという無意識的な願望が起る。尻《しり》を撫《な》でられたという、実際には起り得る筈《はず》のない出来ごとを妄想し、ついには騒ぎ出す」

「何さ。むずかしいことばかり言えば、ごまかせると思って」トラフグが眼をしばたたきながらいった。

「女性心理学におくわしいこと。週刊誌の知識でしょうどうせ」キツネがいった。

「常識だそんなことは」おれは怒鳴りつけた。「女性週刊誌の俗流心理学やセックス記事で白痴みたいになった女どもといっしょにしないでくれ」

「ほうらね。このひと、女を馬鹿だと思ってるんですわ」二人づれが、女保安官にいった。「女性を、いたずら用の道具だと思っているのよ」

女保安官は鈍重そうな顔をあげ、女たちを見まわしながら訊ねた。「このひとは、電車の中でもずっとこういう態度だったのね」

「そうなんです」女たちはいっせいにうなずいた。「自分が悪いことをしたくせに、あべこべにこのかたにひどいことばかりいうんです。見ていてお気の毒で……」

トラフグが急にハンカチを出して眼にあて、肩をふるわせはじめた。「わたしのことを――ト……トラフグだなんて……人の前で……」おいおい泣いた。ほんとに涙を出していた。

二人づれが両側から彼女の肩を抱いてなぐさめはじめた。

おれはあわてていった。「しかし顔のことは、この女がさきにぼくに言ったんだ」

「女とはなんですか」キツネが甲高い声でおれを怒鳴りつけた。「レディといいなさい」

「何がレディだ」おれは握りこぶしでテーブルを力まかせに叩《たた》きつけ、女保安官に顔をつき出して怒鳴った。「あんたもあんただ。こんなことをしているのが時間の無駄だということぐらいわかりませんか。こんなことにかかわりあってる暇があったら、どうしてあの電車の混雑の整理をやらないんです。女の権力ばかり大きくなってラッシュがそのままだから、こういう馬鹿なことになるんだ」

「責任を転嫁《てんか》しないでください」キツネが横からそう叫んだ。労組の委員でもやっているのだろう。

女保安官は唇を少しつき出し、ゆっくり立ちあがった。「この男はわたしの手には負えないわ」電話に手をのばした。「全婦連支部と地区女権保護委員会へ連絡します」

「PTAにも電話した方がいいわ」と、キツネが入れ知恵した。「この男の奥さんにも」

「そうね」女保安官がおれに訊《たず》ねた。「あなたの家の電話番号をいいなさい」

「女房は関係ないだろう」おれはびっくりした。

「まあ、女房だって」と、二人づれが眉《まゆ》をひそめてうなずきあった。

「家庭でのあなたの態度を証言してもらうのです。はい。さあ。電話番号」女保安官はでかい掌《てのひら》をおれにつき出した。

「さあ。手帳か何か持ってるでしょ。出しなさい」キツネがそういって、またおれの後頭部を握りこぶしで小突いた。

「出すもんか」おれは腕組みした。この上家庭の平和まで乱されてはたまらない。

女保安官は溜息《ためいき》をつき、おれの傍へやってきて胸のポケットへ手を入れようとした。おれがその手をはらいのけようとすると、彼女はだしぬけにおれの右手を背中の方へねじりあげた。すごい力である。身動きができない。その隙《すき》にトラフグが胸ポケットからおれの手帳をとり出した。

女保安官はおれの右手をはなし、手帳を見ていった。「へえ。いい団地に住んでるわこの男」受話器をとりあげた。

「やめろ」おれは彼女に、おどりかかろうとした。

女保安官は眼にもとまらぬ早さで、おれの首のつけ根に空手チョップをあびせた。

「あい、あい、あいてててててて」眼の前がぼうとかすみ、おれはあまりの痛さに床へぶっ倒れて身もだえた。

女たちは呻《うめ》き続けているおれを乱暴に抱き起して椅子に掛けさせた。

「またあばれるといけないから、この椅子へくくりつけてしまいましょう」

おれは木製の椅子へ紐《ひも》でくくりつけられてしまった。

「これは暴力だ」

「さきに暴力をふるおうとしたのはあんたじゃないの」

「そうです。すぐに来てください」女保安官が電話で妻にそう命じていた。

おれは妻に聞こえるように、大声で叫んだ。「来なくていいぞ」

ぱあん、とトラフグの平手がおれの頬にとんだ。マニキュアをしたながい爪《つめ》の先で眼球を傷つけられたらしく、おれは左眼をとじたまま、しばらく呻き続けた。

「大袈裟《おおげさ》ね。男のくせに。頬をぶたれたくらいで」キツネがいった。

女保安官はおれの家への電話をかけ終ると、全婦連支部や地区の女権委員会などへ次つぎと電話をかけた。

「会社へ電話をかけさせてくれ」と、おれは頼んだ。「遅れることを報告しなきゃいけない」

「ご心配なく、わたしが電話したげるわ」キツネがおれの手帳を見て会社に電話をかけ、社長を呼び出した。「もしもし。こちらはお茶の水駅の保安官詰所です。今、佐山文治と名乗る痴漢を捕えて取調べているのですが、この男はおたくの会社の社員にまちがいないでしょうか。ああそうですか。はい。そうです。電車の中で婦人に暴行をはたらいたのです。取調べですか。いいえ。今日一日中かかると思います。はい。そう伝えます」がちゃり、と受話器を置き、おれにウインクして見せた。

「社長さん、かんかんに怒ってるわよ。明日から出社に及ばずですって」

おれはすすり泣いた。「破滅だ」

女たちは小気味よげに眼を細め、口を半開きにしてにやにや笑いながら、泣き続けるおれをぼんやりと眺めた。女たちに眺められながら泣き続けていると、ツルのように痩《や》せた和服姿の初老の女が縁なし眼鏡を光らせて入ってきた。

「女権保護委員会の地区委員長です。その男はどこにいますか」

十五年皆勤を続けた会社を馘首《くび》になってしまったのだから、もうやぶれかぶれだ。おれは涙に光る顔をあげわめきちらした。「おぼえていろ。このことを警察に訴えてやるぞ。お前らぜんぶ訴えてやる。もう、こわいものは何もない。おれ同様に、お前らの一生も無茶苦茶にしてやる。女が威張るとどんな目に会うか、たっぷり思い知らせてやるぞ」

「ああら。泣いてるわ」二人づれがくすくす笑った。「まるで駄駄っ子ね」

「男なんて子供よ」

女権委員長がおれの前に立ち、わめき続けるおれをしばらくじっと見つめていたが、やがて骨ばった指でおれの唇の端をいやというほど抓《つね》りあげた。唇がひん曲ってしまった。母親にさえこんなひどいことをされたことがない。

「こういう男性を女性に奉仕させるように仕込むには」と、女権委員長が一同にいった。「まず女性の恐ろしさを思い知らせなければなりません。そして、女性に敵意を持っているうちは、まだ思い知ったとはいえないのです」

「だまれ」と、おれは叫んだ。「男に勝ちたければ、仕事で勝負しろ。男よりもでかい仕事をやってみろ」

「ほらね」と、キツネが女権委員長にうなずきかけた。「この男、まだ、仕事をすることがこの世の中でいちばんえらいことだと思ってるんですわ」

「その通りじゃないか。女なんか何もしないで子供を産むだけだ。子供を産むだけなら人工子宮と同じだ。ざまあ見……」

女権委員長が鉄の鋲《びょう》を先端に打ちつけた草履でおれの向こう脛《ずね》を力まかせに蹴《け》っとばした。おれはぎゃっと叫んでのけぞった。

「仕事をするなどという下等な行為は、女性はしなくていいのよ。高貴な動物は常に虚弱なのですから、仕事は品性下劣な男性にやらせるのです。しかも男性なんて、コンピューターやロボットにさえ劣る労働力なんです。男は、ほんとは女性に声をかける資格もない下等動物なのです」

女子陸上競技の選手みたいな、男か女かよくわからない女が入ってきた。「全婦連のお茶の水支部長です」彼女はおれを睨みつけた。「この男がそうね」

おれはふるえあがった。彼女は爪を尖《とが》らせていた。おれの歯の根の合わぬさまを見て、彼女はサディスティックな笑みを洩《も》らし、けけけと笑って見せた。

「これは暴力団だ」おれは泣き出した。

「ごめんくださいませ」妻が、おどおどした様子で入ってきた。

「これはあなたの亭主に、まちがいないのね」と、全婦連が訊ねた。

「ご厄介になります」と、妻はいった。

「来るなといった筈だ」おれはわめいた。「聞こえた筈だぞ」

「まあ、奥さんが来たら急に威張り出したわ」二人づれはうなずきあった。「大きなおおきな声で、ねえ」

「すぐ帰りなさい」おれはせいいっぱいの虚勢で胸を張り、妻にそういった。

妻はばつが悪そうにもじもじし、女たちの顔色とおれの顔色を見くらべた。

「まあお気の毒に、このかた。おどおどしてらっしゃるわ」キツネが胸もはり裂けんばかりの悲痛な声でいった。「この男、よっぽど横暴なのよきっと」

「この男は、あなたをよく殴りますか」と、女権委員長が妻に訊ねた。

「はい。あのう」

「正直におっしゃってね。決して悪いようにはしませんから」

「はい、あの、今までに五、六回」

「馬鹿者《ばかもの》」おれは怒鳴りつけた。「亭主の悪口をいうとは何ごとだ。悪いようにしないなんてうそっぱちだ。この女たちのために、おれは会社を馘首《くび》になったんだぞ。おれが仕事ができなくなれば、お前だって食えなくなるんだぞ。そんなことがわからんのか。だから女は馬鹿なんだ」

「何だなんだ。その言いかたは」全婦連が血相を変えておれの前に立ちはだかり、平手でおれの頰を続けざまに殴打した。

　おれの口の中は切れて血でいっぱいになり、眼球がとび出し、顔が歪んでしまった。おれは血のたっぷり混った唾液《だえき》を、全婦連の顔に吐きかけた。「この淫水《いんすい》女郎め」

「駅舎の裏に角材が積んであっただろう」全婦連が女保安官にいった。「あれを一本持っといで」

「殺す権利まではないわ」女権委員長が、おだやかに全婦連をとめた。

　全婦連は部屋の隅へ走って行き、振り返っておれの顔を睨みつけ、とおーっといいながら駈《か》けてきて跳び蹴りでおれの肋骨《ろっこつ》の間へパンプスの踵《かかと》をめり込ませた。おれは椅子ごと仰向けにひっくり返った。

「こんなことをする権利だってない筈だ」ぶざまに足をばたばたさせながら、おれはわめいた。

「女権保護委員会は昭和四十六年の国会で男性懲戒権を獲得しました」と、女権委員長がいった。「わたしがここにいさえすれば、あなたは何をされても文句はいえないのよ。殺されない限り」

殺されては文句もいえない。

おれが痛めつけられているのを見て女たちは、次第に歓喜と恍惚《こうこつ》の色を表情に浮かべはじめていた。トラフグなどはうるんだ眼を輝かせ、だらしなく開いた唇の端からよだれの糸を垂らして笑っている。妻は俯向《うつむ》いたまま肩をふるわせて泣いていた。

「あなたにも責任はありますよ」と、女権委員長がやさしく妻にいった。「こんなになるまで放っとくなんて」

「すみません。すみません」妻は女権委員長の胸にわっと泣きくずれた。

スケソウダラに似た色黒の女が、おれのふたりの子供をつれて入ってきた。「PTAからまいりました」

「どうして子供まで騒ぎにまき込むんだ」おれは激怒して咽喉《のど》も裂けよとばかり大声をはりあげた。

「おお、大きな声」スケソウダラがおどけた顔をして首を左右に振った。

「あんたたち」と、女権委員長が子供たちに訊ねた。「パパに殴られたこと、あるでしょ」

「うん。あるよ」小学校一年の兄の方が、幼稚園の妹とちょっと顔を見あわせてから、そこは心得たもの、無邪気を装《よそお》って喋《しゃべ》りはじめた。「いつもぼくの頭をぽかぽかぽかって殴るんだ。妹も殴られたことがあるよ」

「まあ。頭をぽかぽかぽかですって。おう。おう。まあ、何てひどいことを」アメリカ製テレビ映画か何かの影響らしくスケソウダラがオーバーな身振りで両手を拡《ひろ》げて見せた。「からだの中で、頭がいちばん大切なところだってこと、知らないのかしらねえ」

「ほっといてくれ。おれの子供はおれが教育する。他人にとやかく言われる筋あいはない」

「ま。この人が教育ですって。教イクですって」と、二人づれがいった。「教育って何のことか知ってるのかしら」

「頭を殴るのが教育だと思ってるのよ」

「だまれ。だまれ」おれは叫び続けた。「お前たちみたいな女に子供の教育をまかせたら、どんな人間になるかわかったもんじゃない」

だしぬけに全婦連が背後からおれの頭を拳固《げんこ》でぽかぽかぽかっと殴った。すごい力なので眼の前がまっ暗になってしまった。

「どうだい。痛いだろ」と、全婦連がいった。「ざま見やがれ」

「あんたたちは、大きな間違いをしているな」しばらくしてから、おれはゆっくりといった。「こんなことをしても、男は服従しないんだ。男というものは、一時は力で屈伏させられたように見える時があるかもしれないが、それは表面だけのことだ。屈辱を受けた時の記憶こそ、何くそとばかり男がふるい立つ際の原動力になっているともいえる。男が真に屈伏する時は、精神的なものが動機や原因になっているんだぜ。暴力ではない。決して暴力ではない。あんたたちもいずれそのことを身にしみて悟る時がくる」

「うるさい」

「だまれ」

さっきからおれを痛めつけたくて指さきをむずむずさせていたキツネとトラフグが、とうとうおれにとびかかってきた。たちまちおれの顔は、彼女たちの鋭い爪でズタズタに傷つけられた。二人づれがハイヒールを脱いでふりあげ、その踵でおれの頭を殴りはじめた。理屈抜きで男を憎んでいるのだから、何を言っても無駄だ。

「およしなさい」と、女権委員長が威厳のある声で制止した。

全員がぴたりと動きを止めた。

「たしかにこの男のいう通り、男というものは暴力では屈伏しないかもしれません」彼女はしずしずとおれの前に進み出て、じっとおれの顔を見つめながらそういった。

「では、どうするんですか」と、キツネが訊ねた。

「男の行動の原動力はセックスの衝動、つまりリビドーです。車内でいたずらするのもリビドーの歪《ゆが》んだ発散です。だから特殊な懲戒術を施さねばなりません」彼女はふり返って全婦連に命じた。「腎虚刑《じんきょけい》の用意をなさい」

女たちがわっとばかりに襲いかかってきた。

「な、何をする」

せいいっぱいあばれたものの、さっきから痛めつけられているので力が出ない上、多勢に無勢である。おれはたちまち、よってたかって生まれたままのまるはだかにされてしまった。

女保安官の電話で、白衣を着た女医がやってきた。彼女は慣れた手つきで鞄《かばん》からコードを引っぱり出し、その先端の針をおれのからだへ突き刺そうとした。

「や、やめてくれ」

もがこうとしたが女たちに四肢と胴体を押えられ、床へねじ伏せられているので身動きもできない。針はおれの脊髄《せきずい》へぐさりと突き立てられた。また、後頭部の小脳の下あたりには電極らしいものが押し当てられ、ゴムでくくりつけられた。

「お前たち。見るな」と、おれは子供たちに叫んだ。しかし無駄だった。

「よく見ておくのよ」と、PTAが子供たちにいった。「悪いおとなは、こういう目に会うんですからね」

子供たちは眼を見ひらいておれを見つめている。

「では始めます」と、女医がいった。

プラグがコンセントに差し込まれた。

電気がおれの脳下垂体と、腰髄の上部の射精中枢《ちゅうすう》を猛烈に刺戟《しげき》しはじめた。おれはのべつまくなしにあたりへ精液をまき散らしながら約十分間、悲鳴をあげておどりあがり続けた。

女たちがげらげら笑いながらおれの動作にリズムを合わせ、サーカスのジンタを真似《まね》て『天然の美』をうたい出した。

「チーララ、チーララ、チララチーララ……」

（「小説現代」昭和四十三年六月号）

熊《くま》の木本線

「あなたは、どこまで行きなさるのか」

あと数分で「猪《い》の木」という駅に着こうという時、向い側の席にいた髭《ひげ》の濃い男がそう訊《たず》ねた。

「ぼくは四つ曲《まがり》まで行きます」と、おれは答えた。

四つ曲という小さな町に、うまい蕎麦《そば》があると聞いたので、現地へ行って蕎麦を食いあさり、ついでに大量に買ってこようと思い立ち、この毛多線《けだせん》に乗ったのである。つけ加えるならば、おれは蕎麦には目がなく、どこそこにうまい蕎麦があると聞けば、たとえそれがどんなに遠くであろうと、必ず出かけて行くことにしている。

「この列車に乗ったままで、毛多の方をぐるっとまわって四つ曲まで行きなさるか」

髭男が、でかい眼でじっとおれを見つめながら、さらにそう訊ねた。いがぐり頭で、ズボンのベルトに手拭をくくりつけていて、いかにもこのあたりの山男といった風態《ふうてい》である。

「そうです」おれはうなずいた。「だって、ほかに行きようがないでしょう」

「猪の木から、四つ曲のひとつ手前の、鹿《か》の木という駅まで行く列車があるよ」と、髭男はいった。「熊《くま》の木本線といって、これは単線じゃが、これに乗ると毛多をまわるより四時間ばかり早く四つ曲に行ける」

「ははあ。そんなものがあったのですか」おれはちょっとびっくりして、ぼんやりと髭男の顔を眺めた。「ちっとも知りませんでした」

「わしはそれに乗って、熊の木というところまで行くんだがね」髭男はそう言いながら車窓越しに夜空を見た。

果てしなく続く線路の両側の森の木立の上に、晴れた星空があった。時刻はすでに午後の十一時半である。山の中腹を走り続ける列車に乗客は少なく、おれの乗っている車輛《しゃりょう》にも、おれと髭男を含めて十二、三人しかいない。

「なるほど。熊の木を通るから熊の木本線ですか。しかし、おかしいですね。単線の、しかもそんな短い距離の鉄道を、どうして本線なんて呼ぶんでしょうね」

煙草《たばこ》を出して髭男にも一本すすめながらおれがそう言うと、彼はシャツの胸ポケットから煙草屋で売っているマッチをとり出して火をつけ、一服してからゆっくりと喋《しゃべ》りはじめた。

「もともとこの地方には、熊の木本線しかなかった。毛多があんなでかい町になってしまう前までは、この毛多線も熊の木本線と呼ばれておって、猪の木から山の中に入り、熊の木、鹿の木を経て四つ曲へ通じておった。さあて、いつ頃からじゃったろうか。毛多の方へ大まわりをして四つ曲へ行く鉄道ができて以来、いわばそっちが本線になってしもうて毛多線と呼ばれるようになったが、この土地の者は今でもまだ、猪の木から鹿の木までの鉄道のことを熊の木本線、時にはただ、本線と言うておるよ」

そういえば山の中を通って鹿の木へ行くそんな短い鉄道のことをもう何年か前、レジャー雑誌で読んだことがあるのをおれは思い出した。

「じゃあ、それに乗り換えようかなあ」

おれがそういうと、髭男は大きくうなずいた。「そうすればええ」

「猪の木」は山の中腹にある林の中の小駅で、ここで降りたのはおれと髭男の二人だけである。プラットホームの端に、もうひとつの小さなプラットホームが直角にくっついていて、これが熊の木本線の終点だった。列車がプラットホームに入っていたが、正確にいえば列車ではなく車輛は一輛だけで、この一輛は、おれが想像していたような支線用のディーゼル機関車に引っぱられて走るのではなくて、なんのことはない自力で走るのである。ただの電車だ。

乗りこんでみると、二人掛けの椅子《いす》が進行方向に向って、片側一列に並んでいた。乗客は他に誰もいず、おれと髭男の二人だけである。

「やあ。待ってたんだぜ」

そう言って傍へやってきた運転士は、髭男そっくりの顔をしていた。兄弟か従兄弟《いとこ》だろう、と、おれは思った。

「突然のことだったから、びっくりした。手紙を貰《もら》うなり、すぐ帰ってきたんじゃ」髭男は運転士にそう言い、おれを指さした。「この人は鹿の木から四つ曲へ行くそうな」

「じゃ、すぐ発車しよう」彼は運転席に戻った。

電車は鬱蒼《うつそう》たる森の中のゆるやかな勾配《こうばい》を、山へ登りはじめた。開かれたままの電車の窓からは、深山の冷気が流れこんでくる。

「ところで、鹿の木での連絡はどうなるんでしょうね」何ごとか考え続けていた髭男に、おれはそっと訊ねた。

髭男は眼をしばたいた。「連絡。連絡というと」

「鹿の木の駅で、四つ曲行きの列車を、どれくらい待たなきゃいけないのかと思って」

「ああそうか。ええと、この時間だから」腕時計を見てしばらく考えていた髭男は、やがて強い力でぽんと自分の膝《ひざ》を叩《たた》いた。「いやあ、しまった。これはあなたに悪いことをした。鹿の木の駅で、四時間ばかり待たなきゃいかんことになる」

「え。四時間」おれはびっくりした。「四時間というとつまり」

「そうじゃ。さっきあなたの乗ってなさったあの列車に、もう一度乗らにゃならんことになる。いや、これは悪いことをした。早合点《はやがてん》で、もう一つ前の列車に間に合うかと思うたんじゃが」

おれは苦笑し、詫《わ》び続ける髭男にいった。「なあに、いいんですよ。こういう珍しいものに乗ることができたんだから」

おれが車内をきょろきょろ見まわしていると、髭男がにやりと笑った。「かわった電車じゃろ。この電車がなぜこんな具合になっとるのか、今にわかるよ」

「運転をなさってるのは、あなたの弟さんですか」

「どう言えばええか」髭男はじっと考えていたが、そのうちに面倒くさくなってきたらしく、投げやりにいった。「遠縁にあたる男だよ」

その熊の木というところに、髭男の一族が住んでいるのだろう、そんなことを考えていると、おれの心を読んだかのように、髭男が説明した。

「熊の木というところに住んでいるのは、いってみりゃあ、ほとんどわしの親戚《しんせき》でな。今朝早うに、その親戚のひとりが死んだ。わしゃ、神内の山で働いとったんじゃが、夕方に通知を貰うたので、これからその通夜《つや》に戻るんじゃ」

「ほう、それはそれは」

数分後、おれは左右の窓の外をきょろきょろと見まわした。「ずいぶんながい間走り続けていますが、この線には、熊の木以外に駅はないんですか」

「ない」と、髭男はいった。「猪の木と鹿の木の間に、熊の木があるだけじゃ」

「ほう。ほう。するとこの電車は、いわばあなたの一族の専用の電車みたいなもので」

「まあ、そんなものかな」髭男は笑いもせずにうなずいた。「昔このあたりには、猪の木、熊の木、鹿の木の三つの部落があった。熊の木にいるわしの一族のいちばんの年寄りは、この三つの部族全体の長老じゃった。今では猪の木と鹿の木がわりあい開けてしもうて、結局純粋の部族といえるのは熊の木一族だけになったが、それでもいまだに熊の木の長老はこの地方の人間全部から尊敬されておるよ。何かが起るとかならず熊の木へ、この電車に乗って相談にやってくる。だからこの線のことを本線と呼んだりもするんじゃろうか」

電車がスピードを落し、やがてゆっくりと停車した。

「おや。停りましたね」おれは窓から首を出してあたりを眺めた。「熊の木ですか」

髭男がかぶりを振った。「いや。ここはまだ熊の木じゃない。まだ熊の木山の麓《ふもと》だ。熊の木の駅は山頂にある」

そこはあいかわらず山の中で、あたりにあるものといえば生い繁《しげ》った草と木、それに線路横の小さな掘立小屋だけである。下を見ると、いつの間にか傍らをもう一本の線路が走っていた。

月明りにきらきら光っているレールを見ながら、おれはぼんやりと言った。「このあたりは複線になっていますな」

「うん。ここから山頂まで、この電車はケーブルに切り替えて運転するんじゃ。それで複線になっとる」

おれはまた驚いた。「ははあ。これはケーブルカーでしたか」それなら車内のおかしな構造も納得がゆく。

電車をおりた運転士が掘立小屋の中に入っていった。開かれたドアから、内部にある電気設備らしいものの一部が見えた。やがて運転士は掘立小屋から出てきて、電車の前部で十分足らず作業したのち、運転席に戻った。車輛にワイヤー・ロープをつないだのであろう。

掘立小屋がモーターの大きな唸《うな》りをあげて震動しはじめ、ケーブルカーは山腹の急な勾配をゆっくりと登りはじめた。山頂の牽引巻上機《エンドレス・ウインチ》を、山麓《さんろく》からでも操作できるようにしてあるらしい。

大きく傾《かし》いだバック・シートに身を委《ゆだ》ねて窓の外を眺めるうち、おれは突然、数年前にレジャー雑誌で読んだことを全部思い出し、とびあがった。「あっ。思い出した」

「何を思い出しなさったのか」隣の席の髭男がじろりとおれに横目を遣った。

口にしていいことかどうかしばらく思案したのち、おれは思い切って髭男に言った。「この線はたしか四年前、経費がかかりすぎる上、乗客も少ないというので、廃線になったんじゃありませんか」

髭男はあわてた様子もなく、にやりと笑った。「ほう。よく思い出しなさった。そうだよ」彼はゆっくりとうなずいた。

言うべきことばをなくして茫然《ぼうぜん》としているおれに、髭男は喋りはじめた。「しかしじゃなあ、この線が廃線になるとわしら熊の木の者が困る。近所の人だって困る。なぜかといえば熊の木へこられなくなる上、猪の木の者が鹿の木へ行くにも毛多を大まわりして、四時間以上もかかって行かねばなるまい。そこでこの線を、熊の木に払い下げてもろうたんじゃ。管理と運転は熊の木の者がやるということにしてな。で、ご覧の通り、利用者がある時だけ熊の木一族のあの男が専任で運転士を勤めとるんじゃ」

「そうでしたか」おれはほっと溜息《ためいき》をついた。

山頂からおりてきた車輛がすれ違った。中間停車場のないつるべ式の一区間運転である。すれ違った車輛は点燈《てんとう》していず、車内はまっ暗だった。むろん、誰も乗っていないのだろう。

「重量を平衡させにゃならんので、あれには水を積んであるよ」と、髭男が教えてくれた。

しばらくしてから、おれはそれとなく髭男に訊《き》いてみた。「じゃあ、熊の木の人たちはみんな、お金持ちなんですね」

髭男は黙っていた。

「だって」と、おれは言いつのった。「こんな経費のかかる線を払い下げてもらい、その上管理までしてるんだから、よほどの大金持ちでなくっちゃ」

髭男は意味ありげににやにや笑った。

きっと、払い下げて貰ったんじゃないんだ、と、おれは思った。廃線にしたと思ってるのは鉄道本社だけで、じつはこの地方の連中全員が馴《な》れあいで、車輛を勝手に使い、電気を勝手に使い、つまり盗電ということになるが、その他設備や何やかやを全部鉄道本社に無断で使っているに違いない。猪の木駅と鹿の木駅の駅員たちも、熊の木の連中とはいわば親類づきあいをしている関係上、知っていながら知らないふりをし、熊の木本線の経費も何やかやと誤魔化《ごまか》して捻出《ねんしゅつ》してやっているのだろう。だいたい常識で考えたって、こんな山奥の貧乏部落に、鉄道の支線をまるごと買えるような金など、あるわけがないのである。

山頂が近いらしく、勾配が急になった。おれは車窓から首を出し、山頂を眺めた。山頂には茅葺《かやぶ》きの大きな家が建っていて、ケーブルとレールはその家の一階へ向ってまっすぐに伸びている。

「あれが熊の木一族の家だよ」と、髭男がいった。

山頂付近を見渡しても他に家らしいものが見あたらないから、あの巨大な家の中に一族全員が住んでいるのだろうとおれは判断した。

やがておれたちの乗ったケーブルカーは、その大きな茅葺きの一階へ吸い込まれるように入っていった。そこは三和土《たたき》になっていた。家の一階の土間にレールが敷かれていて、そこがケーブルカーの終点になっているのだ。土間の右手は竈《へっつい》や水甕《みずがめ》や桶《おけ》などの置かれている炊事場、左側は一段高くなっていて、二十畳分は充分あろうと思える板の間だった。ケーブルカーが停車すると、その板の間の端がいわばプラットホームになるのである。板の間には老人、子供を混えた三十数人の男女が集まって通夜をしていた。

ケーブルの牽引巻上機は土間の高い天井にあり、見あげると蝙蝠《こうもり》のいっぱいぶら下がっている太い桁《けた》や梁《はり》にワイヤーロープの巻きついた二個の大滑車がくくりつけてあった。土間の上部だけが吹き抜けになっているが、あまりの高さと暗さで天井裏が見えない。

酒に酔って顔をまっ赤にした五十歳ぐらいの男が席を立ち、開かれたドアから車輛の中へ乗りこんできた。「やあ。早かったの佐助」

「手紙を貰うなり、すぐ帰ってきたんじゃ」髭男はおれを指さし、顔の赤い男に説明した。「この人は四つ曲《まがり》へ行きなさるというので、わしが本線に乗れとすすめたんじゃ」

顔の赤い男は、眼を丸くしておれを見つめた。「なんとまあ、これから鹿《か》の木へ行っても、四つ曲行きの列車は四時間ほど経《た》たなきゃ出ませんぞ」

「そうなんじゃ」髭男《ひげおとこ》が申しわけなさそうにいった。「わしが勘違いをして、もうひとつ前の列車に間に合うと思うたからいけなかったんじゃが。いや、悪いことをした」

「そんなら、せっかく見えたんじゃから、ちょっとあがりなさらんか」と、顔の赤い男がおれにいった。「ま、酒でも飲んで行きなさい」

「とんでもない」おれはかぶりを振った。「見ず知らずの家のお通夜に」

「なあに、遠慮しなさらんでええ。あとまだ四時間もあるではないか。鹿の木までは、ちゃんと間に合うように、あの運転しとる男に送らせるから」

髭男も一緒になってしきりにすすめるので、おれは好意に甘えていったん電車を降り、板の間の端でお相伴《しょうばん》にあずかることにした。

「旅のかたをお連れしたのか」上座にいる白髯《はくぜん》の老人がおれを見ていった。長老というのがこの人物らしい。

「四つ曲へ行きなさるお人でな。わしが本線に乗れとすすめたんじゃ」と、髭男が説明した。

「それはよかった」老人がにこにこ笑ってうなずいた。

白い布で覆《おお》われた棺の前に進み、髭男に続いて焼香をしてから、おれはまた自分の席に戻った。

「こらこら女ども。何しとる。お客人に酒をおすすめせんか」顔の赤い男が大声でいった。

その大声に、板の間の隅で数人の子供たちと一緒に寝ていた十七、八の娘がむっくりと起きあがり、眼をこすってからきょとんとした顔でおれを見た。色が白く、驚くほど整った顔立ちをしていた。

「山家《やまが》のことで何もありませんが」娘によく似た顔の中年女が、おれの前へ山菜を盛った皿を置き、酒をすすめた。

「いただきます」酒はとろりとしていて辛口《からくち》で、たいへんうまかった。

「あのう、ところで、どなたがお亡《な》くなりになりましたか」と、おれは中年女に訊《たず》ねた。

「わたしのジサマです」

「ジサマとは。ああ、お爺《じい》さんですか。それはご愁傷さまです」

長寿の家系らしく、長老の他にも七十歳以上と思える爺さんが四人、婆《ばあ》さんが七人いた。男たちはいずれも髭が濃くてどんぐり眼《まなこ》、女たちは美人型である。

老人や男たちが大声で四方山話（よもやまばなし）をはじめた。髭男が戻ったので、座が一段と賑やかになった模様である。寝ていた子供までが起きはじめた。あの可愛《かわい》い娘は、女たちに混って酒や料理を運んでいる。彼女は皆から「お月」と呼ばれていた。年頃の娘は彼女以外に三人いて、いずれも可愛かったが、お月ちゃんほどの美人ではない。

顔の赤い男はよほどの酒好きらしく、しばしば席を立ち、おれの前へやってきては酒をすすめた。おれが返盃するとぐいっとひと息に飲み乾《ほ》してまた盃をつき出す。

「さあ、どうしてもっとどんどんお飲みなさらんか。この酒はお嫌いか」

「とんでもない。実にうまい酒です」

「そうじゃろ。これは旭申《あさひざる》という地酒じゃ」

一時間経ち、二時間経つと、座が次第に浮きうきしてきた。おれも旭申を三合ほど飲まされ、少し酔っぱらいはじめた。

「さ。もっと飲みなされ」顔の赤い男がやってきて、また酒をすすめた。

「もう、ふらふらです」と、おれはいった。「これ以上飲んでは酔いつぶれてしまい、旅が続けられなくなります。すみませんが水を一杯いただけませんか」

顔の赤い男があたりを見まわした。「おいおい。お客人が冷たい飲みものをご所望だ」

「わたしが取ってくる」

ちょうど近くにいたお月ちゃんが、板の間から三和土へおり、電車のレールをまたぎ越して炊事場へ行き、大きな冷蔵庫の中から冷えたコーラを出して戻ってきた。

コーラをひと口飲み、おれはお月ちゃんに訊ねた。「たとえばあなたがお嫁に行くときは、この部落から出て行くわけですか」

お月ちゃんは恥ずかしそうな顔もせず、きょとんとした眼でおれを見た。「ええそうよ。でもここの女の人はたいてい、猪《い》の木か鹿の木の人と結婚するわ。お婿《むこ》さんがここへやってくることもあるし、時には熊の木のひと同士で結婚したりもするわ」

そう答えたお月ちゃんは、誰かに呼ばれてまた立ちあがり、酒を運びはじめた。女たちはみな裾《すそ》の短い着物を着ていたが、お月ちゃんだけはセーターにジーパン姿だった。

夜がふけ、さほどの用がなくなった女たちは板の間の隅で、子供たちと一緒に交代でうたた寝をしていた。若い娘も二人、おれの方に足を向けて寝ていて、彼女たちが寝返りをうつたびに白い太腿《ふともも》がちらちらし、おれは眼のやり場に困った。

男たちが手拍子を打ちはじめた。

「さああ。誰か歌わんか」と、にこにこ顔の長老がいった。

「さああ。誰か踊れ」と、髭男がいった。

「ようしよし。それではわしが」顔の赤い男が立ちあがり、座の中央に出た。

皆がどっと笑った。一族の人気者なのであろう。

顔の赤い男はおれの方をちらと見てから、大声で言った。「それでは、今夜はお客人も見えていることだから、熊《くま》の木節」

「熊の木節」と聞いただけで全員がどっと笑った。お月ちゃんなどは板の間にすわりこみ、盆を腹に押しあてて大声で笑っている。よほど面白い歌なのだろう。おれも皆にあわせて手拍子を打った。

顔の赤い男が、よく徹《とお》る声で歌を歌いながら、ちょっと他に類のない珍妙な踊りを踊りはじめた。

〽なんじょれ熊の木
かんじょれ猪の木

ノッケ　ノッタラカ
ホッケ　ホッタラカ
トッケ　トットットットットットットッ

男も女も笑いころげ、そのあまりの賑やかさに、寝ていた女や子供たちがみんな眼を醒《さ》ましてしまった。

顔の赤い男がやんややんやの喝采《かっさい》を受けながら席に戻ると、また全員が手拍子を打ちはじめた。

「さあ。次は誰じゃ」

「もっとやろう」

熊の木節をもっと続けるつもりらしい。

髭男が座の中央へ出た。

「よっ。待ってました」

もうそれだけで、すでに笑いの渦である。

髭男が太い声をはりあげて歌いながら、顔の赤い男の踊りとは微妙に異なる振付で踊りはじめた。

〽なんじょれ熊の木
かんじょれ猪の木
ヨッケ　ヨッタラカ
オッケ　オッタラカ
コッケ　コッコッコッコッコッ

あまりのおかしさに、おれも腹をかかえて笑った。男たちはもちろん、女たちは眼に涙を浮べ、身を折って笑い、子供たちはひっくり返り、足をばたばたさせて笑っている。歌が突拍子もなく面白い上に、踊りがこの世のものとも思えぬ奇妙奇天《きてれつ》烈さで、誰が歌い誰が踊っても、げらげら笑わずにはいられないのである。

「なんじょれ熊の木」というところで、右側にからだ全体で大きな山を描いて見せ、「かんじょれ猪の木」で左側に山を描く。それから右に跳んであるポーズをとり、左に跳んで同じポーズを裏返しにして見せる。最後は片足をあげ、できるだけ珍妙な顔をしてぴょんぴょん跳ぶのである。

「次は誰じゃ。次は」

やっと笑いが下火になると、また手拍子が始まった。全員が、いささか狂躁《きようそう》的になっている。おれも調子に乗って大きく手拍子を打った。
長老と顔がよく似てはいるが、貫禄《かんろく》はさほどでもない小柄で愛嬌《あいきょう》のある爺さんがまん中へ出てきた。
「うわあ」
皆がどっと笑い出し、女や子供たちはけたたましく笑って拍手した。女子供に人気のある爺さんなのだろう。爺さんは渋い声をはりあげ、枯木のような腕と脛《すね》を見せて達者に踊った。
〽なんじょれ熊の木
　かんじょれ猪の木
　　ソッケ　ソッタラカ
　　モッケ　モッタラカ
　　ドッケ　ドッドッドッドッドッドッドッ
笑い過ぎて呼吸《いき》ができなくなり、胸を押えて苦しむ者、咳《せ》き込む者、ひっくりかえる者、大きな家が割れんばかりの騒ぎである。おれも笑い過ぎたために眼に涙がにじみ、頭がぼうとしはじめた。

手拍子が始まった。
「さあ。誰じゃ次は」
「こうなれば、とことんやろうか」
「よし。順にやろうかい。順に」
電車の運転をしていたあの若い男が、板の間の隅の自分の席からまん中へ、踊りながらとび出してきた。ただそれだけで、その恰好《かっこう》のおかしさのため、女たちがヒステリックに笑いはじめた。よほどの道化者に違いなかった。このおかしな男にさっきの踊りを踊られようものなら、おれは笑い死にするか、さもなくば発狂するだろう、おれは笑いころげながら、霞《かすみ》のかかった頭の隅でちらとそんなことを思った。
運転士が突拍子もなく甲高い声で歌い、そして踊りはじめた。
〽なんじょれ熊の木
かんじょれ猪の木
クッケ　クッタラカ
ゾッケ　ゾッタラカ
ポッケ　ポッポッポッポッポッポッ

笑いで呼吸《いき》ができなくなり、おれはからだをふたつ折りにした。女たちはじっと坐《すわ》っていることができず、どたどたと板の間を走って三和土《たたき》へとびおり、竈《へっつい》の前まで行ってうずくまったりしている。

運転士の隣にいた若い男が、手拍子に促されて照れながらまん中へ出てきた。どうやら本当に、席の順に全員が歌わされ、踊らされることになったらしい。おれもやらされるのかな、手拍子を打ちながらおれはそう思った。もし順に歌い踊るとすれば、その男の次はおれの番だったからである。

若い男がやけくそのような声をはりあげ、踊りはじめた。

〽なんじょれ熊の木
　かんじょれ猪の木
　　シッケ　シッタラカ
　　ゴッケ　ゴッタラカ
　　カッケ　カッカッカッカッカッカッ

これだけくり返されると、おれにも歌いかたのおおよそが呑《の》みこめてきた。まず歌の前半は「なんじょれ熊の木、かんじょれ猪の木」であり、後半を少しだけ自分で作り替えて歌えばいいのである。

やんややんやの喝采を浴びて若い男が席に戻ると、皆がまた手拍子を叩《たた》きはじめ、にこにこ笑いながらおれの方を見た。おれは少したためらった。初めてきた家で踊るなど、ちょっと不謹慎に思えたからである。しかし一族の連中はみな、どうやらおれの踊りを期待しているらしい。それに、せっかく酒肴《しゅこう》を振舞われておきながら、ここで踊らないというのは、むしろ失礼にあたるのではないか。

そんなことを考えている時、手拍子を打ちながら長老が言った。「ふうむ。お客人にこの踊りは、ちと無理かな」

そのことばをきっかけに、おれは立ちあがった。「いや。踊ります」

「いよう」と、全員が囃《はや》し立てた。「お客人が踊るぞ」

「やんや、やんや」

おれが踊るというので、土間にいたお月ちゃんはじめ女たちが、板の間近くまでやってきて、期待の眼でおれを見つめた。

誰が踊っても面白いのだから、おれが踊っても充分おかしい筈《はず》だった。まず座の中央へ行き、手拍子に合わせて二、三度身を揺すってから、おれは歌い、踊りはじめた。

〽なんじょれ熊の木
　かんじょれ猪の木
　　ブッケ　ブッタラカ
　　ヤッケ　ヤッタラカ
　　ボッケ　ボッボッボッボッボッボッ

歌い終り、踊り終え、自分で自分のやったことのおかしさにげらげら笑いながら周囲を見まわして、おれはどきりとした。

誰ひとり、笑っていなかった。

長老はじめ老人たちも、あの髭男も、女たちも、手拍子をやめてしまい、みな困ったような顔をして俯向《うつむ》き、もじもじしているのである。顔の赤い男や運転士までが、やや蒼《あお》ざめた顔で、ばつが悪そうに頭を掻いたりしながら自分の持っている盃《さかずき》の中を覗《のぞ》きこんでいた。土間に立っているお月ちゃんも、しゅんとして足もとを見おろしている。

やっぱり、やらなきゃよかった、おれはそう思いながら、その場へぺたんと坐りこんでしまった。他所者《よそもの》のおれが下手に踊ったりしたもので、座がしらけたのだろう。

おれはおそるおそる長老にいった。「まことに申しわけありません。他所者のわたしが下手な踊りを踊ったりして、座をしらけさせてしまいました」

「いやいや。そうではない」長老は顔をあげ、気の毒に、といった目つきでおれを見て、かぶりを振った。「あんたはうまく歌いなさったし、上手に踊りなさった。初めてにしては上手過ぎるぐらいじゃった」

「は」上手過ぎたのがいけなかったのかな、と、おれは思った。「それなら、なぜ皆さん、さっきのように、お笑いにならないんです」

「あんたのうとうた、あの歌詞が悪かった」

おれは眼を丸くして長老を見つめた。「歌詞ですって。だってわたしは、皆さんの真似《まね》をして出たらめを」

「もちろん、そうじゃろとも」長老はうなずいた。「他の連中はみな、本当の歌詞をうとうてしまわぬように気をつけて、出たらめをうとうた。だがあんたは、出たらめを歌うつもりで、偶然本ものの歌詞をうとうてしまわれたのじゃ」

「本物の」おれはきょとんとした。「ではあの、わたしのやったのが『熊の木節』の本当の歌詞だったんですか。あのボッケ、ボッボッボッというのが」

おれがそういうと、皆が「おう」とか「ああ」とかいった低い呻《うめ》き声を洩《も》らして身じろぎした。

「なぜですか」なかば詰問《きつもん》するような調子で、おれは長老に訊《たず》ねた。「なぜ本当の歌詞を歌っちゃいけないんですか」

長老は、ゆっくりと話しはじめた。「熊の木節というのは忌《い》み歌でな。つまりうとうてはいかん歌なのじゃ。この熊の木に昔から伝わっておる歌なんじゃが、でかい声で人前でうとうてはいかん歌とされておる。なぜかというと、この歌を大っぴらにうとうたりしたら、この国に、たいへんな不幸が起るからなのじゃ」

「ははあ」おれは首を傾《かし》げた。「あのう、この国と言いますと、つまりその、日本」

「そういうことになるなあ」

迷信だ、そう言って笑いとばそうとし、おれはまた一座を見まわした。だが、どうやら寄ってたかっておれをからかっているのではなさそうだった。全員が、陰気な顔をして沈みこんでいた。

ぶるっ」と身顫《みぶる》いし、おれは懇願するように長老に言った。「お、おどかさないでください。わた、わたしは若いわりには迷信深い方でして」

「迷信ではないぞ」長老は、はじめて眼を険しくし、おれを睨《にら》みつけた。「事実この部落の者がうっかりこの歌をうとうたが為《ため》に、この国には何度も悪いことが起っとる。そのため、大人はもちろん、女子供にも、この歌だけはうたわぬようくれぐれも言い含めてあったのじゃ。ところがちょいちょい、周囲の大人の不注意、不行届きから、わけのようわからん子供に歌わせてしもうたりすることがある。そのたびにこの国にはえらい災害、不運が起っとるのじゃ。ま、今までは子供がうとうただけじゃったから、さほど祟《たた》りは大きくなくて、この国全体が亡《ほろ》びるほどのどえらいことは起らずにすんだ。ところが今夜は、あんたのような立派な大人が、あんなでかい声で、上手にうとうてしもうた。きっとこの祟りは相当」

「何も知らなかったんです」おれの咽喉《のど》から思わず悲鳴が迸《ほとばし》り出た。「意味などわからず、出たらめを歌っただけだ。それでも祟りがあるんですか」

「ある」長老はいやにきっぱりとそう言ってうなずいた。

「どうしてわたしに踊らせた」おれは頭をかかえ、呻くようにそう言った。「そんな危険な忌み歌を、どうしてわたしが歌うようになど仕向けたのですか。責任はあなたがたにもある。そもそも、なぜお通夜《つや》の席で熊の木節など、踊りはじめたのです。誰かが間違えて、うっかり本ものの歌詞を歌ってしまうとは思わなかったのですか」

「まことと、わしらにも責任はあるな」最初に踊りはじめた顔の赤い男が、もじもじしながら申しわけなさそうに言った。

「その通りじゃ。あんたひとりを責めるわけにはいかん」長老が悲しげな眼でおれにうなずきかけた。「わしらが熊の木節の替え歌を喜ぶのは、いつ誰が間違うて本ものの歌詞を歌うかもしれんためじゃった。つまり、うとうておる者が皆をはらはらさせるために、そこにこの世のものとも思えぬ面白さがあったのじゃ。そのさらに腹の底には、わしらの一族がこの国の命運を握っておるのじゃという誇らかな気分というものがあって、それが尚《なお》さらこの歌を面白くしておったのじゃ。その上今夜は少し皆が調子に乗り過ぎておった。あんたが踊ると言い出した時、わしには少し悪い予感があった。それはおそらく皆にもあったじゃろ。しかし、まさかあんたが本ものの歌詞を、一字一句間違わずにうとうてしまうとは誰も夢にも思わなかったのじゃ。少し危険な気分を、皆が皆、楽しもうとした。それがこの大失敗となったのじゃ」

おれは泣きそうになって訊ねた。「御祓《おはらい》の方法はないのですか」

皆がいっせいにかぶりを振った。

「ないなあ。何もない」と長老がいった。「まあ、やってしもうたことはしかたがない。この国にどんなことが起るかしらんが、もうあまり気にせんことじゃ」

「そうじゃ。気にせんことじゃ」

皆が口ぐちにおれを慰めはじめた。

「びくびくして何が起るかと待っておってもしかたがない」

「忘れなされ」

「気にするな」

気にせずにいられるものか、と、おれは思った。

運転士が立ちあがった。「そろそろ行くかね。もう朝の三時半じゃ」

「うん。送ってあげなされ」と、長老がいった。

「それでは」おれはしおしおと立ちあがり、周囲に頭を下げた。

男たち、女たちが黙って頭を下げた。お月ちゃんも、あの彼女によく似た中年女の背後に隠れるようにして、土間からおれに目礼した。

おれはふたたびあの若い男の運転するケーブルで山麓《さんろく》におり、さらに鹿の木という小さな駅まで送ってもらった。

別れぎわに、運転士はいった。「この熊の木本線のこととか、熊の木一族のこととか、さっきの歌のことは、あまり他人《ひと》に喋《しゃべ》らんでくれんかね」

「いいとも」おれはうなずいた。「喋る気はまったくないよ」

二日後、おれは自分の家に戻ってきた。それから今日まで毎日、いったいこの日本にどんな天変地異が起るかと、はらはらしながら待ち続けている。しかし今までのところ、おれの知る限りではどんなことも起っていない様子である。やはりあの連中にいっぱい食わされたのかな、と思うこともある。だがもしかしたらもうすぐ何かが起るのかもしれない。あるいはおれが知らないだけで、すでにとんでもなく悪いことが、どんどん進行しているまっ最中かもしれないのである。


（「小説新潮」昭和四十九年一月号）

顔面崩壊

シャラク星に行かれるそうじゃな。気をつけなされ。あの星では時折この非常に奇妙なことが起る。奈落《ならく》笑い、などという現象が起ったり、へたをすると奪骨換胎《だっこつかんたい》などという事態に陥ったりもする。あそこへやらされる人間はたいてい縁の下の力持ちなどとおだてられ使命感に満ちて就任するのが普通じゃが、役割としては実のところ縁の下のもぐらもちに過ぎんので、まあからだを大事に仕事はほどほどにして任期を終え、何ごともなく戻ってくるのが一番じゃよ。

いろいろと教えてあげたいことは多いのじゃが、とりあえずひとつだけ、いちばん気をつけねばならぬことを教えて進ぜよう。ご存じとは思うがあの星はひどく気圧が低い。登山はお好きかな。では高い山の頂きに立った時の状態は経験なさっておられよう。ま丁度あのようなものでな。馴《な》れてしまえばどうということはない。

だがここで要心せねばならぬのはあの星で当然お前さまが主食になさることになるじゃろうドド豆の料理の仕方じゃ。あの星で栽培できるのはこのドド豆ぐらいのものでな。こいつはただでさえたいへん固い豆で、ましてあの星の気圧ではまともに煮ようとしてもなかなか煮えんわい。山頂で米を炊《た》くようなもんじゃ。まわりは柔らかくなっても芯《しん》は固いままじゃ。そんなものを食べては下痢をしてしまう。シャラク星で下痢をした時の恐ろしさ、その危険性、これについてもいろいろと話はあるが、まあ省かにゃなるまいな。

シャラク星でドド豆を煮る時は圧力釜《がま》を使って煮る。なに圧力釜はあっちの基地に備品として置いてあるからお前さまがわざわざ持って行く必要はない。それよりも問題はこの圧力釜の使いかたじゃ。一歩間違うとえらい目にあわにゃあならぬ。高温で、しかも水分の発散なしに煮ることができるので短時間ですみ、しかも燃料をさほど使わなくてよいという点は便利じゃが、そのかわり釜の中は高圧じゃから危険きわまりない。安全弁をよく調節せずに、蓋《ふた》を固定してあるボルトをゆるめたりすれば、たちまち蓋がはじけとぶ。蓋だけではないぞ。中で煮えくりかえっていたドド豆が四方八方へいっせいにとび出す。爆発と思えばよろしい。熱くて柔らかい弾丸の一斉射撃を受けたようなもので、これを顔一面に浴びるとどういうことになるとお思いかな。

ドド豆というのは地球産の豆と同じで蛋白質《たんぱくしつ》や脂肪を主成分としておるから、これが芯まで柔らかくなるくらいに煮えた時というのはご存じのように摂氏百何十度という高温にまで達するわけで、これが猛烈な勢いではじけとんできたらせいぜい一ミリほどの厚さしかない薄い顔面の皮膚などひとたまりもなく破れてしまう。皮膚どころではなくその下の脂肪の多い皮下組織さえ通り抜け、ふつうは顔面筋肉と呼ばれておる表情筋の中にまでめり込みおるのじゃ。それというのもドド豆が地球でいうグリーン・ピースつまりえんどう豆のようにほぼ完全な球体で、しかもあれよりもやや小さいから、そのため散弾に近い効果でもって顔全体にくまなく拡《ひろ》がり、しかもそのひとつひとつがたいへん強く深く食いこむことになり、実にはなはだ厄介なことになってしまう。たとえば爆発の際、釜から約四十センチ離れたところに顔があったとすれば、だいたい二センチ平方に一粒の割合いで命中する。したがって顔全体でいえば直径約五ミリか六ミリの丸い穴が三十から四十、点点とあくことになるな。

で、どういう顔になるかというと、痘痕《あばた》とも違うし吹き出物でもなく、地球上にちょっと比較できるものがないので形容に困るのだが、とにかくたいへん気持の悪い顔になることは確かじゃ。しかし気持が良いとか悪いとかいうことを感じるのはもっとあとの話であって、その時は熱いものだからたいていの者はあっとかわっとか叫んで両手で顔面を覆《おお》う。ドド豆の一斉射撃を受けてしまってから顔を覆ってももう遅いのだが何しろ人間のやることであってそこまで考えている余裕はない。だがな、せめてこの時、力いっぱい顔面を押さえつけぬよう気をつけることじゃ。ドド豆が表情筋のさらに奥まで食いこむことになるし、特に眼瞼部《がんけんぶ》つまり閉じた瞼《まぶた》の上を押さえたりすると人間のここの部分は耳介《じかい》、亀頭《きとう》、陰嚢《いんのう》などと同じくいちばん皮膚の薄いところなので、煮え豆を眼球に押しあててすり潰《つぶ》し、失明してしまうことになる。まあ顔面を押さえつけないのが一番であろうがなにしろ反射的行動なので咄嗟《とっさ》には理性が働かぬ。ま仕方あるまいな。

さて顔面筋肉つまり表情筋の中にめり込んだドド豆をどうやって取り出すかが問題になるのだが、これはたとえばピンセットなどでひとつひとつつまみ出そうとしても、何しろ相手は芯まで煮えているのですぐにぐずぐずと崩れて粉になってしまうからたいへん始末が悪い。当分の間そっとして抛《ほう》っておかねばならぬ。いかに煮豆といえど長く抛っておけば干涸《ひから》びてかちかちになり、取り出しやすくなるからな。ただし全体を外気に当て、陽あたりのいい場所に抛っておくのとは違い、人間の肉体をば穿《うが》って食いこんでおるから、人体の湿度と体温のため固くなるのにはだいぶ日数がかかる。根気が必要だが、まあ地球と違いあの惑星にはほかに誰も居らんので、ひと前に出るのにその顔では恥ずかしいということもなく、さほど治療を急ぐこともない。

ドド豆が顔にめり込んだ直後、早く冷やそうとして冷たい水を顔へぶっかけるという手もあるが、ご想像の通りこれにはとてつもない苦痛が伴う。ま、やれたらやって見なさい。ぎゃっと叫んでとびあがって、おそらく七転八倒じゃろう。うんといって悶絶《もんぜつ》してしまうかもしれん。また、勢いよく水の出ている蛇口の下へ顔を持っていったりすればその勢いでドド豆が潰れてしまう。何もせず、そっとしておくに越したことはないぞ。

といっても、顔をそのまま剝《む》き出しにしておいてはいかん。布か繃帯《ほうたい》でぐるぐる巻きにし、顔にあいた穴の中へ虫や微生物がとびこんでくるのを防がねばならぬ。

この場合特に恐ろしいのはタイコタイコ原虫という原生動物で、こいつは人間その他高等動物の皮下脂肪が大好きという厄介な単細胞動物なのじゃ。ご存知とは思うが人間の皮膚は三つの層に分かれていてな。いちばん外側が表皮、その下が真皮、そのさらに下にこの皮下脂肪の層がある。タイコタイコ原虫がドド豆によって穿たれた穴の中へとびこんできたとしようか。おお。なんと穴の内壁には彼の大好物の皮下脂肪が、なかば焼け爛《ただ》れながらも輪のように丸く露出しておるではないか。タイコタイコ原虫は大喜びでこれを食いはじめおる。食うといっても原虫のことゆえ口はなく、皮下脂肪を少しずつ偽足でかかえこみ、これを体の表面から吸収するわけだが、栄養をとるにつれて分裂をくり返し、新たにできた多くのタイコタイコ原虫同士が偽足をからみあわせて巨大な集合体となり、どんどん真皮の裏側、つまり真皮と筋肉の間へもぐり込んで行きおるのじゃわい。

たとえ顔全体を布または繃帯で覆ったとしても、このタイコタイコ原虫の侵入はある程度覚悟しておかねばならぬ。なにしろこの原生動物はシャラク星の代表的な単細胞動物で、地球でいうならばミドリムシに相当するといわれるほど個体数が多く、勢いよく繁殖する。したがってどっちみちなにがしかは布や繃帯の隙間《すきま》からもぐりこんで顔の穴に入りこみおるのじゃ。

このタイコタイコ原虫、ただ闇雲《やみくも》にもぐりこみ、食い進んで行きおるのではない。単細胞動物なりにいずれはどこかから這《は》い出さねばならんと考えておるらしく、皮下脂肪を食いながらもいちばん近くの穴めがけて突き進んで行きおる。なにしろ表皮と真皮とは両方合わせても顔の部分でせいぜい〇・四ミリから〇・八ミリぐらいの厚さしかないので、その下の部分に穴を穿たれたらその穴は皮膚の上から透けて見え、赤い条痕《じょうこん》としてくっきりと顔面に浮かびあがる。その結果どういう顔になるかというと、顔に点点と散在する黒い穴のひとつひとつから周囲の黒い穴へかけて赤い筋が放射状に走るわけなので、つまりは顔全体に網の目のような赤い紋様が浮かびあがるのじゃ。

そうなってしまった時にはすでにこのタイコタイコ原虫、皮膚の下で猛烈に繁殖してしまっておるわけなので、もはや網の目だけにとどまらず今度はそれぞれの条痕の途中から支線をば枝わかれさせて穿ちはじめ、やがては顔いっぱい隙間なしに食い拡げて行きおる。つまり網の目が次第にこまかくなっていき、最後には顔全体がまっ赤になるわけで、この時期において感覚的にはどうかというと、ご想像の通り夜も眠れぬほどの痛痒感《つうようかん》に悩まされることになる。

痒《かゆ》いからといってここで顔を掻《か》きむしったりすればどえらいことになるぞ。なにしろ皮下脂肪の層が完全になくなり、皮膚は表情筋から遊離してぺこぺこと浮いておるわけだし、さっき言ったような薄さしかないので、爪《つめ》を立てたりすればたちまち皮膚はぺろりと捲《めく》れ、ぼろぼろになり、ばらばらと剝《は》げ落ちてしまう。まあ皮膚そのものはすでに筋肉から浮いておるので、かえって剝がれてしまった方が早く新しい皮膚ができることになり、むしろその方がよいのかもしれんのだが、具合の悪いことは新しい皮膚ができるまでの間、表情筋が赤く露出したままであるという点なのじゃ。皮下脂肪はタイコタイコ原虫に食われてなくなっているので、新しい皮膚ができるまでにはずいぶん時間がかかる。それまでの間はその見っともない顔のままでおらねばならぬ。

どのような見っともない顔になるかというと、これはすべては表情筋が剝き出しになったが為《ため》に見っともない顔になるわけなので、どんな人間といえども皮膚を一枚剝げばこれと同じような顔になるのだが、ただまあふだんは見馴《みな》れないものであるが故《ゆえ》に見っともないと感じるのじゃ。まず額はというと、ここには前頭筋という筋肉があり、この筋は額一面にこまかく縦に入っておる。で、この前頭筋は皺眉筋《しゅうびきん》、鼻根筋といったものにつながり、眉間《みけん》の方へ寄ってきておるため、常に眉間に皺《しわ》を寄せているように見え、この上なく不愉快な表情に映る。眼の周囲には眼輪筋というのがあり、細い筋が眼をぐるりと取り巻いておって、これがまるで顔全体をめがねざるという下等な猿の顔のように見せる不気味な効果をあたえておる。鼻の両側には鼻筋という帯状の筋肉が縦に下がっていて、これは口の両端を吊《つ》っているように見え、まことに醜怪なものじゃ。口のまわりは眼輪筋と同じような口輪筋という筋肉によってぐるりと取り巻かれていて、生蕃《せいばん》の口の周囲の刺青《いれずみ》のような奇怪至極のものに見える。口輪筋の両端からは頬へかけて口角挙筋、小頬骨筋《しょうきょうこつ》、大頬骨筋などがななめにはねあがっていて、これは口の端っこを上に吊りあげる時の筋でな、口で言っただけではわかるまいがまことにいやらしい感じがする。

まあそういう具合で、露出した表情筋は顔全体に渦巻き、走り、流れ、隈《くま》どりをしておるからこれはもう一種異様な表情の顔面となり、鏡などを見たら本人自身がひきつけを起してひっくり返るという物凄《ものすご》さでな。この赤い表情筋のところどころからは、さらに顔面動脈や顔面静脈などの血管、耳下腺《じかせん》などの内外分泌《ぶんぴつ》器官、表情筋を支配している顔面神経などが、あるものは白くあるものは茶色く、またあるものはピンク色とか紫色とか、そうしたさまざまな色彩でもってちょろりちょろりと顔をのぞかせていて、顔全体にお祭りめいた賑《にぎ》やかさをあたえておる。おまけにそれら表情筋には点点とドド豆によって穿たれた黒い穴があき、奥には白っぽくふやけたドド豆が居すわっておるので、尚《なお》さらもってまがまがしくもおぞましい顔になるという寸法じゃ。

そのまま何ごともなければ表情筋の外層部は皮膚組織の機能を果たそうとして赤黒く固まり、調節変化しはじめる。ところがあいにくそうはならぬ。タイコタイコ原虫こそいなくなるものの、シャラク星にはまだデロレン蠅《ばえ》という厄介な昆虫がいて、こいつが筋肉の襞《ひだ》の間だの、またはタイコタイコ原虫が食い残した脂肪細胞に生じておるマーガリン結晶だのに黄色い卵をぶちゅらぶちゅらと生みつけおる。いろんな塗り薬を顔面にこすりこんでおけば大丈夫と思うかもしれんが、筋肉の襞の一本一本にまでまんべんなくこすりこむことは不可能だし、デロレン蠅やその卵によくきく薬というのはまだ発明されておらんのでな。さてこのデロレン蠅の卵は生みつけられて四時間後に孵化《ふか》する。体長〇・一ミリにもみたぬ孵化したばかりのこの微細なデロレン蛆《うじ》は、筋肉の襞のさらに奥までもぐりこみ、顔面静脈めざして筋肉中を食い進んで行くのだが、この時どのような感覚が襲ってくるかというと、意外にもそれは非常に強烈な快感を伴った幻覚なのじゃよ。

この幻覚はどうやらデロレン蛆がでろれんでろれんと筋肉を食い進む途中、表情筋を支配しておる顔面神経にでろれんでろれんと接触するがため生じるものらしい。つまりデロレン蛆は末梢《まつしよう》神経に刺戟《しげき》をあたえ特殊な活動電流を起させる機能を持っておるらしいのだが、その辺のところの機微はまだよくわかっておらんようじゃ。どういう幻覚が起るかというとそれは身も心も浮き立つ華やかなお祭りの幻想でな。突如として叢《むらが》り立つ赤や白さらには金銀だんだら綾錦《あやにしき》の幟《のぼり》や旗や吹きながし。と同時に大太鼓や小太鼓、笛や拍子木《ひようしぎ》による狂躁《きようそう》的なエイト・ビートの音楽が地の底から湧《わ》きあがってきたかのようにまき起り、高鳴る。祭りだ。祭りだ。歌い、叫び、わめき、手を打ち、踊り、足踏み鳴らす群衆。そりゃあもう、だしぬけにその騒ぎのまっただ中へ抛《ほう》り込まれたように感じるなまなましい幻覚じゃ。ここで興奮のあまり自分も踊り出すわけだが、さて幻覚の中で踊っているのか実際にからだを動かして踊っているのかとなると、これはあとから考えてもどちらだかわからぬ。

それぐらい迫真的な幻覚でな。ま、手足のあちこちに怪我《けが》をしているところから考えれば、おそらくは実際に踊って手足をどこかへぶつけたのであろうが。しかも踊れば踊るほど全身に官能的な快感がつっ走り、しばしば射精もする。この場合はむろん、本当に射精しとるよ。

で、そうした幻覚症状は四、五日続くのだが、のべつ続いておるわけではなくたまにはお祭りから解放されて正気に戻る時がある。この時に食事や何やかや、生命を維持するのに必要な日常のことをいそいで済ませておかんと衰弱して死ぬことになるぞ。またできるだけ正気でいる時間を長びかせようとするなら、この期間中には絶対に鏡をのぞきこまぬよう注意せねばならぬ。自分の顔を見るや否《いな》やたちまち、またしても幻覚に襲われるからじゃ。

このころ、顔の方はだいたいどういう具合のものになってきているかというと、以前にも増して凄《すさ》まじいものになっておってな。デロレン蛆に食い荒らされた筋肉がぼろぼろになっており、こちらでもだらり、あちらでもだらりと、繊維束が食いちぎられた部分を顎《あご》の下まで垂れ下がらせておる。血管や神経繊維も同じで、あるものは垂直に、あるものは弧を描いてぶら下がっておって、ところどころには今や肉眼で見えるまでに成長した黄色いデロレン蛆が群をなして蠢《うごめ》いておるわ。この顔面の賑やかに崩れた様子とその派手な色彩、さらには腐りかけた肉が発する不飽和脂肪酸の一種独特の臭気が、たちまちにしてお祭りを思い起させおるのじゃ。叢り立つ赤白金銀だんだら綾錦の幟や旗や吹きながし。大太鼓小太鼓笛拍子木の狂躁的なエイト・ビート。祭りだ。祭りだ。歌い、叫び、わめき、手を打ち、踊り、足踏み鳴らす群衆。そらきたというのでまた踊り出してしまう。

こうなってしまえばもうドド豆などわざわざほじくり出そうとする必要もなく、ドド豆ども、筋肉がぼろぼろになったため、めりこんでいた穴がなくなったことに気がついて、勝手にぱらりぱらりとこぼれ落ちて行きおるわ。幻覚がおさまった頃にはすでに筋肉そのものもあちこちで骨が露呈するほどにまで食われてしまっておってな。頬骨や鼻骨は剝き出しになっておって、顔の中央では鼻腔《びこう》がぽっかりと黒い穴をあけておる。唇もなくなっていて歯が丸見えになり、にたにた笑っておるわい。しかしまあ、それ以上筋肉がなくなって、顔面の骨が丸ごと剝き出しになるといったことはない。これはつまりデロレン蛆が、目標とするところの顔面静脈にたどりつき、血管をばでろれんでろれんと食い破ってもぐりこんで行ってしまいおったからなのじゃ。

デロレン蛆どもは自分がもぐり込んで行けそうな太さの顔面静脈あるいは眼角静脈を発見すると、さっそく血管に穴をあけ、その中に這いこんでいく。したがって顔のあちこちから出血することになるが、この出血量はたいしたことはない。ずたずたになった筋肉の繊維が常に血を含み、顔全体がじゅくじゅくしていて、時おりぽたり、ぽたりと血がしたたり落ちる程度でな。貧血を起す、といったようなことはなく、もし貧血を起したとすればそれは手前の顔を見て貧血を起したのじゃ。

顔面静脈にもぐりこんだデロレン蛆は、そのまま血液の流れに身をまかせ、血管の細い部分から次第に太い部分へと移動して行く。そのままどんどん進めばやがては内頸《ないけい》静脈にたどりつき、上大静脈へなだれこんでしまうことになるのだが、ここで急に、流れに身をまかせることをやめ、九十度方向転換し、流れにさからって舌静脈の方へ入っていきおる。なぜそういうことをするのかというと、わしはデロレン蛆ではないのでその気持まではわからんが、考えるに、顔面静脈の流れに乗っているうち、より細い血管が合流してきてだんだん血管が太くなり流れも強くなるので、デロレン蛆にしてみればそのままではどこまで運ばれてしまうやら、どこへたどりつくやらわからんわけだから、幼虫ながらもやや身の危険を感じ、不安になるのではないか、そこであわてて流れにさからい、脇道《わきみち》の舌静脈へもぐりこんで行きおるのではないかと、こう思うのだがどうじゃろ。というのはこのころになるとこのデロレン蛆、そろそろ蛹《さなぎ》にならねばならんので、その為には蛹になっている間落ちついていられる安全な場所を見つけねばならぬ。それには流れの強い太い血管よりは細い血管の方がよいわけなので、それでまあ比較的速やかに毛細血管にまでたどりつけそうな舌静脈へ入りこんで行きおるのではないかと、わしはそう思うのじゃ。

舌静脈を逆にたどったデロレン蛆は、もはや相当からだも大きくなっているので血管が細くなってくるとある場所から先へは進めなくなる。そこで舌根のあたりで舌静脈を内側から食い破り、上下縦横に横紋筋が走っている舌の中へと出てきて、さらに舌の先へ先へと筋肉の中を食い進むのだが、この時どう感じるかというと意外にも痛みは少ない。そしてあのお祭りの幻覚を見るのと同じような理由で味覚が混乱する。つまり甘いコーヒーを飲めばこれがカシミール・カレーの如《ごと》き辛さに感じられて思わずとびあがったり、熱いコンソメ・スープを飲むならばひどく酸《す》っぱい冷やした果実酒のように感じられる。具合がいいのは生野菜を食べると上等のステーキ肉のような味がすることで、あそこには肉などないからこれをいい機会にたっぷりと味わっておけばよろしい。野菜はいくらでもあるし、ふだん野菜が嫌いでビタミンCが不足しとる人は多いから、そういう人にとっては栄養のバランスをとるためのまたとない機会かも知れんぞ。言っとくがドド豆だけは食ってはいかん。食うのはいいが嚙《か》み砕いてはいかん。大便の味がする。と言ってわしもまだ大便は食ったことがないが、まあ、大便を思わせる味じゃからな。

行きどまりの舌の先で、デロレン蛆は蛹になってしまう。一匹や二匹ではなく二十四も三十四もがここへ寄り集まってきて蛹になるので、舌の先はふくれあがってしまう。指でつまんでみると中の蛹どもはみな石のように固くなってしまっておる。これを抛っておいてはならんぞ。蛹からかえったデロレン蠅が舌の先を食い破ってとび立とうとする時、行きがけの駄賃に舌の筋肉をたっぷり食い荒して行きおるからな。ではどうするかというと、こやつらが蛹でおる間に舌の先を切り捨ててしまうのじゃ。

それはもちろん痛い。しかし蛹どもがいる部分の舌端の組織はどうせ壊死《えし》してしまっているので切り捨ててしまっても生命に別条はない。まず蛹どものいる舌端を指で強くぐいとつかみ、できるだけ長く口から引っぱり出す。次に剃刀《かみそり》の刃を舌の先から二センチほど手前の、舌体の側面に当て、横にすうっと切断するのじゃ。舌はもちろん短くなる。少し喋《しゃべ》りにくくはなるが、訓練さえすればほれ、わしのようにちゃんと人にわかることばで喋れるようになる。なんじゃと。ああそうか。つまりわしの顔がそれほどの災難に会ったようには見えぬと言いたいわけじゃな。それは今わしが人工顔面をかぶっておるからじゃ。取って見せようかの。ほらこの通り。近頃は扮装《ふんそう》用に開発されたこの人工顔面もえらく精巧になってきて表情まで変えることが。顔色が悪いようだが、気分でもすぐれんのかな。おや。どうなされた。これ。しっかりなされ。これ。しっかりなされい。

（「小説現代」昭和五十三年三月号）

近づいてくる時計

また、井戸時計店に来ていた。

井戸時計店というのはどうやら確定した店名ではないようだ。来るたびに店名が異なっているからだ。しかし変わった時計ばかり置いている店内の古い形式の造作や、縁《ふち》なし眼鏡をかけた気むずかしい主人は常に変わらない。

「また来ましたよ」おれは懐《なつ》かしみをこめて主人にそう言った。

「あんたは時間などさほど気にしなくていい職業だし、最近は滅多に外出もしないじゃないか」主人はむしろ迷惑そうだ。「なんでたびたびうちへくるんだね」

「時間が気になるというより、時計が気になるんです」おれは主人がすわって時計の修理をしている一段高い畳敷きの手前のガラスケースを覗《のぞ》きこんだ。「何か、変わった時計はありませんか」

主人はうわ眼でおれを見た。この主人はおれの親しい音楽家にも似ているし、少年時代に近くの郵便局にいた局員にも似ている。そのほか、知りあいの誰それに似ていたりもするが、つまりはおれの内部の「不機嫌な批判者」なのであり、だからおれのことをよく知っているのは当然なのだ。

「この腕時計は」ひとつ取り出して主人は言った。「長針がひとまわりすると四十五分、短針がひとまわりすると九時間だよ」

文字盤には1から9までの数字しかなかった。

「これはどういう時に役に立ちますか」

「なんの役にも立たないよ。だから面白いんだ」

「面白いおもしろい」と、おれは言った。「その、なんの役にも立たないというのが面白い。ほかにどんな時計がありますか」

主人は見たところ何の変わりもない腕時計を出した。「これは昔、『新青年』という雑誌に載った外国の探偵小説からアイディアを得て作られたものだがね。『針』という短篇だ」

「どういう時計ですか」

「正午になると裏側の中心にあるこの小さな穴から細い針が三ミリばかり飛び出して引っ込む」

「痛いじゃないですか」

「痛いというほどではない。一瞬ちくりとするだけだ。痕《あと》も残らない。この針の先に猛毒を塗っておいて、殺したい人物に贈呈するんだ」

「完全犯罪になりますね。ほかにどんなものがありますか」

主人はまた、じろじろとおれを見た。「あんたは今までにも夢でよくここへきて、さんざ変わった時計を見たじゃないか。この腕時計だって、ずいぶん以前に見せたことがある筈《はず》だよ」

「そうでしたね」おれはケースの上の置時計をなでまわした。「懐かしいなあ。これはたしか『人生の時計』という置時計でしたね」

「そうだよ」

それは蒼黒《あおぐろ》い色をした岩の中に埋め込まれている時計だった。

「これはなぜ『人生の時計』というんでしたっけ」

それには答えず、主人は少し身をのり出して言った。「あんたは二十年ほど前にもこの店のことを小説に書いたが、ここのことはあまり書かない方がいいよ」

「はあ。どうしてですか」

「読者がそれを読んで感情移入した場合、そのひとはあんたの無意識にひきずりこまれてしまうことになるからね」

「それはむしろ、そうなってくれることが目的でもあるのですが、それはいけないことなんですか」

「二十年前と違って、今のあんたは『死』にこだわっているからさ。最近あんたの親しいひとが次つぎに死んだ。父親はじめ弟、同年代の作家、漫画家、音楽家。だから最近あんたは『死』をテーマにした短篇小説ばかり書いている。今だって、ほら」主人は店の前の通りを指した。

先ごろ死んだばかりの、仲間でもあった高名な漫画家が、おれに手を振りながら通り過ぎていった。

おれはわざとらしく溜息《ためいき》をついて見せた。「夢の中でもそうだし、時おりは覚醒《かくせい》している筈の時でも、そのひとが死んだひとなのかまだ生きているひとなのかわからなくなる時がありますね。稀《まれ》にですが、名前は言えないけどまだ生きているある人のことまで、あのひとはもう死んだんじゃなかったかなんて思ったり」

「ほうら。それがもう『死』にとらえられはじめている証拠だ。危険だから、もうここへくるのはやめた方がいい」

しかしこの時計店は、夢で訪れるもっとも重要な場所のひとつだった。来はじめた時から懐かしい場所だったのだが、何十年も前から来ていたからこそますます懐かしさがつのるのだ。

「夢の中ではそのひとが死んだひとと認識されたり、まだ生きているひとと認識されたりしますね。死んだひとがほんとに死んだのだと認識できるまでには時間がかかります。あれはそういえば、壊れかかった時計が、動いたり停まったりするのに似ていますね」

怪訝《けげん》そうな眼で、主人はおれを見た。「あんた。死んだひとというのは壊れた時計じゃないよ」

この時計店へは東京の銀座のある通りを折れてやってくることもあれば、神戸の元町の路地から来る場合もある。大阪から来るときには心斎橋を三津寺筋に入るのだが、これはわが家の菩提寺《ぼだいじ》が三津寺だからかもしれない。

そしてまたしても、おれは木戸時計店に来ていた。店名が違うのもいつも通りだ。今日は主人に話しかけることはせず、おれは傍にある「人生の時計」を片手でなでまわしながら主人の修理作業を眺めていた。主人のうしろの棚には修理用具と一緒に大小十冊ほどの本が並べられていて、その中には高価そうな分厚い洋書もあった。

「あの本は時計のことを書いた本ですか」

主人は棚を振り仰いで言った。「これか。これは時計について書いた本なんかじゃなくて時計なんだよ」

彼はそれを抜き出してガラスケースの上に置き、開いて見せてくれた。そこにはある時刻を示す時計の文字盤が描かれていた。一ページめくれば一分進んだ時刻の文字盤が描かれている。

「どうしてこれが時計なんですか」

「だってこれは時計だろうが」

「そりゃあ、これは時計だけど」おれは笑った。「しかし、これを見せてもらうのは初めてですよ」

「そうかい」主人は少し考えこんだように見えた。「そうだとすると、あんたの考えかたが変わってきたんだろうね」

おれは「人生の時計」から手を離して主人をまともに見つめた。「じゃあ、ほかにもまだ、知らない時計があるのかもしれませんね」

うーん、と唸《うな》りながら主人はおれを見つめ返した。

「あるみたいだなあ」おれはくすくす笑い、改まって訊《たず》ねた。「あるんでしょう。何か珍しい時計が」

主人は修理机の抽出《ひきだ》しをあけてまさぐりはじめた。「あんたに『近づいてくる時計』を見せたかな」

「いいえ。知りません」

「これだがね」

主人は抽出しから大きな腕時計を出してガラスケースの上に置いた。デジタル時計であり、時間を示す数字が六桁《けた》もあった。秒を示す数字は恐ろしい勢いで減少し続けていた。

「デジタルというのはこの店には珍しいな。これはどういう時計ですか」

「あんたの」

主人は口ごもり、あとは口の中でむにゃむにゃ言った。あるいはそれは夢の中であるためのことばの不明瞭《ふめいりよう》さだったかもしれない。相手がどういう意味のことを言っているかはわかっているのだが、単純には言語化できない場合とか、ことばにすると衝撃が大きすぎる場合の不明瞭さだ。だからおれはすぐに諒解《りようかい》した。おれの残り時間を示す時計なのだ。そういえば今日の昼間の覚醒中、こんな時計があるのではないかと、ちらり思ったような気もする。

「その数字を年数に換算しない方がいいよ」主人は気づかわしげに言った。「ぼんやり見ている分には、あとまだこんなにあると思ってご機嫌でいられるが、換算するとのけぞったりとり乱したりする」

「この数字を変えられるボタンはどこかについていますか」

主人はにやりと笑った。「ないんじゃないの」

少しばかり凶悪な感情の湧《わ》き出たおれの心を捕捉《ほそく》し、主人は顔色を変えておれの手から腕時計をひったくった。「危ないあぶない。あんたこれを壊すつもりだったな。なああんた。あんたは二十年前にも何やらかっとなって、この店の中を滅茶苦《めちやく》茶《ちや》にしたことがあるが、あんなことはもうやめてほしい。逆上するのはあんたの悪い癖だ」

「いやあ。あれからもう二十年だ。おれだってもう、あんなに怒りっぽくはないよ」おれはけんめいに気を静めて笑顔を作った。

「いや。あんたはやっぱりあんたなんだよ。おれをごまかすなんて無理だ。そうだろう。これを見なさい」

ガラスケースの上に開いたままだった本に描かれている時計の絵の、長針と短針が、それぞれの速度の割合を保ちながらではあるものの、猛烈なスピードでまわっていた。驚いてページをめくると、そのページの時計の針も凄《すご》い速さで回転していた。

「ほうら。やっぱり狂っちまった。さあ。もう眼を醒《さ》ましなさい醒ましなさい」

おれは無理やり覚醒させられてしまった。

いつも寝る前に、今日は時計屋へ行こうと思って寝るわけではない。逆に、今夜あたりあの時計屋へ行きたいなと思って寝たとしてもおそらく行くことはできないだろう。そもそも覚醒時に時計屋のことを思い出すことさえ稀なのである。たいていは夢の中で時計屋のことを思い出し、時計屋へ行きたくなるのである。

その日は夜の銀座四丁目の裏通りを抜けてやってきたためか、名前が江戸時計店になっていた。

「この前見せてもらったあの『近づいてくる時計』を、もう一度見せてもらえませんか」

主人はじろりとおれにうわ眼を遣った。彼は修理台の上で食事をしていた。「今、めしを食っているから」

「そのめしも、やっぱり時計ですか」

「このめしは今は時計ではないが、胃袋に納まってのちは腹時計の部品となる」

食事を終えた主人は、奥から出てきた小女《こおんな》に食器を片づけさせ、抽出しから「近づいてくる時計」を出した。「驚くなよ」

時間を示す数字が五桁になっていた。

「五桁になるのがいやに早いじゃないですか」と、おれは言った。「やっぱりこれはインチキだったんですね」

「いや。あんたに忠実なだけだろう」と、主人は言った。

「じゃ、これを買いましょう」

「これは夢の中だ。売買なんてものが成立しないってことはよく承知している筈だよ」主人はかぶりを振った。「あんたはそれを叩《たた》き壊すつもりだろう。いかんいかん」

今度はしっかりと手に握りしめているつもりだったのだが、気がつくと「近づいてくる時計」はいつの間にか主人の手の中に戻っていた。

すかさずおれはケースの上の重い「人生の時計」を持ちあげた。

主人が顔色を変えた。「それをどうするつもりだ。またあんたの悪い癖が出たな。あんたはふだん温厚なのに、作品の中や夢の中ではすぐヒステリックになる」

「この時計の中はどうなっているのか、見たいんだ」

「叩き壊すというのか。いかんいかん。それはただ、その小さな時計が岩の中に埋めこまれているだけだ」主人のかけた縁なし眼鏡のレンズが真っ赤になっていた。

「じゃあ、なんで『人生の時計』なんて言うんだ。だいたい、ただそれだけのことなら、あんた、なんでそんなにあわてるんだい」

「その中にはあんたの人生が埋めこまれているだけでなく。あ」主人の顔が長くのび、老齢期の羚羊《かもしか》のようになった。

おれはすでに「人生の時計」を強くはさんでいた手を両側に拡《ひろ》げていた。「人生の時計」はおれの足もとで粉ごなに砕け、岩の深い内部のいかなる部分の破片といえどもどこまでもどこまでも蒼黒《あおぐろ》く、その蒼黒い無数の破片が一メートル四方に拡がっていた。破片に混《まじ》って金属とガラスでできた燦《きら》めく粒が何百とも知れず散らばっていた。しゃがみこんでよく見ればそれはすべて時計、ひとつひとつが古い懐中時計のようにただ時間がよくわかることだけを考えた直径五ミリほどの文字盤を持つアナログの時計だった。

「ひやあ。気持が悪い。これは何ですか」

「やったか」主人は肩を落して、以後投げやりなことば遣いとなる。「そのひとつは、あんたが心にかけている人たちの生命の時計だった。動いている時計と動いていない時計があるだろう。動いていないのは死んだ人のものだよ」

「動いては停り、停っては動いている時計もありますな。これは」

「それはあんたが夢の中で」主人の姿がぼやけた。「まだ生きているか、死んでいるか、よく」ことばも途切れとぎれになりはじめ、やがて主人の姿は見えなくなった。「認識……て……ない」

店内は少し暗くなった。壁や天井の隅は見えなくなり、多くの時計の文字盤だけが時計の亡霊のように宙に浮かんでいた。風が背中に当たった。誰かが入ってきたのかと思い、おれは振り返った。以前には前の通りをただ通り過ぎて行っただけの、つい先ごろ死んだあの高名な漫画家が、にこやかな顔でガラス戸を開き、店へ入ってきた。

「ややや。その時計、壊したの」

「今夜はここへ入ってきてくれたんですか。前の通りを通ってくださるだけでも大変でしょうに」

「どうして」

「だってあなたは、すごくたくさんの人の夢の中に登場してやらなきゃならないでしょうが」

漫画家は、は、はと笑った。「そんなあなた。ぼくはステージかけもちでとびまわるような役者じゃないんだよ」彼は腰を折り、微細な時計のひとつをためらいもせずに拾いあげた。「あっ。これ、ぼくの時計です。停ってもいないし動いたり停ったりもしていないようだな。動き続けているってことはですね、あなたはまだぼくを死んだと思っていないんでしょう。ね」神経質そうに彼は青筋を立てて笑った。

「ぼくがいちばんつらいのは、ここに散らばっている時計が動いたり停ったりしている人を夢に見ることですよ。夢の中ですら忘れかけている人がいるんだなあと思って、つらくてしかたがないんです」おれは漫画家に訊ねた。「夢を、フィクションだと思いますか」

「フィクションでもあるしノンフィクションでもあるんじゃないかな。あなた以前、夢はもうひとつの現実で、もうひとつの虚構でもあるって書いていたでしょう。それ、正しいんだけどさ、それからね、もうひとつ、今ぼくのいるところに通じている場でもあるの」

「えっ。そうなんですか」

「そうなのそうなの。うん。それでね、ぼくはそこでぼくの漫画の登場人物と会って話したりするんだけど、まあみんななかなか魅力のある連中なんだけど、やっぱりぼくの一部分だから、ちょっと退屈したりしてさ」は、は、は、とまた漫画家は笑った。

「すばらしい」と、おれは言った。「それでもやっぱり、それはすばらしい」

「でもあなたにだって、この時計屋の主人みたいにさ、夢の中だけで会うというひとはいるんじゃないの」

おれたちはいつか、屋敷町の中の坂道を並んでのぼっていた。

「そういえば、たとえばこの通りなども、夢にしか出てきませんね。そういう人の誰かに会うかもしれません」

四つ辻《つじ》までくると、塀の下にしゃがみこんでいる男がいた。痩《や》せていて、白く長いぼろぼろの布をまとい、頭にも白い頭巾《ずきん》をかぶっている。

「あっ。こいつまだ生きていたのか」おれはそう言った。「ながいこと見なかったなあ」

男はおれたちを見ると女のような悲鳴をあげ、痣《あざ》のある顔を片手で覆《おお》い、指の間からこちらを見て、いざりながら道路を横断しはじめた。「あっ。わたしを見た。こんなけがれたわたしの顔を見てはいけません。あっ。わたしは見られてはいけないんだ。ああ。見られてしまった」か細い声で大袈裟《おおげさ》にそう言いながら彼は地面をのたくって道路の反対側に行き、電柱のうしろにうずくまった。本気のようでもあるし、そうした演技を楽しんでいるようでもあった。

「あのひと、いつもああなの」あきれて見ていた漫画家はそう訊《たず》ねた。

「ええ。いつもああやるんです」

はっはっは、と、彼は笑い、自分より背の低いおれの顔を覗《のぞ》きこむようにして言った。「面白いね。面白いね」そしてまた笑った。

なんでもわかる人だったんだなあ、と、おれは思う。

おれたちは並んで坂を登り続け、やがて崖《がけ》の上に出た。いつも来る場所だが、ここまでたどってくるルートはいつも異なる。たいていややこしい過程を経て最後に、つまり夢の醒めぎわにくる場所なのだが、今夜は簡単にくることができたようだ。

このひとと一緒だったからかなあ。そう思って横に立つ漫画家の顔を見ると、彼は眼下に拡がった住宅地の夜景を吃驚《びっくり》した表情で眺めていた。点点とともる灯は地平線のあたりから星と入り混じり、星は夜空を満たしている。

「あんた、高所恐怖症じゃなかったの」漫画家が怪訝《けげん》そうにおれを見た。

「ここなら平気なんですよ。高過ぎて、着陸寸前の飛行機から見た地上の夜景と一緒ですからね。かえって安心するんです」

崖の突端に立ち、天地に満ちた光を眺めながら、おれと漫画家はずいぶん哲学的な話をしたような気がする。気がするだけで、何を話しているかよくわからないというのは、そろそろ眼が醒めかけている証拠だった。

気がつくとひとり、また井戸時計店に戻っていた。眼醒めの寸前に、あわてて戻ってきたらしい。主人はいず、「人生の時計」がもと通りになってケースの上に置かれていた。その横に「近づいてくる時計」も置いてあった。親爺《おやじ》さん、置いといてくれたんだな。おれはそう思い、手にとって文字盤を見た。

数字が四桁《けた》になっていた。

（「小説すばる」平成二年六月　夏季号）

蟹かに甲こう癬せん

クレール蟹《がに》の祟《たた》りに違いない、と、最初は誰もがそう思った。そう思ったのも無理はなく、とにかくクレール植民地における人間たちのクレール蟹に対する態度というものは「外惑星植民地に於《お》ける現地生物との接触に関する条例」などおよそ無視したひどいもので、この十二本足の大型蟹を殺して殺して殺しまくったのだ。もっともクレールへやってきた植民地人、以下はクレール人と呼ぶが、そのクレール人たちにしてみればクレールで他に目ぼしい動物性蛋白質《たんぱくしつ》はなかったのだから、個体数の少ないクレール蟹を他の誰かに食べられてしまわないうちにと競争でむさぼり食ったのであり、これは少しでも地球から持ってきた食糧をながく食いのばし、いつ来るかよくわからない次の便を待つ間の不安をちょっとでもなくそうとしたのだから、人間よりも他惑星の下等生物の方が大事と考える臍《へそ》まがりでない限り彼らを責めることは誰にもできるまい。責めるとすれば、クレールにおけるたったひとりの環境調査官たるおれの役目であろうが、おれだってクレール蟹はずいぶん食い、あまりの旨《うま》さに自制しかねて絶滅寸前であることを知りながらまだ食ったのだからひどいものだ。

クレール蟹の旨さ、特にその甲羅の裏の、俗に蟹の味噌《みそ》とか蟹の脳味噌とかいわれているあのペースト状の白い脂肪の、頬が落ちそうな美味等に関してはくだくだしい説明を省略し、さっそく、のちに蟹甲癬《かにこうせん》症と名づけられたあの皮膚疾患がクレール人の間に蔓延《まんえん》しはじめた頃の騒ぎにまで話をとばすことにしよう。蔓延はまたたく間であった。まず皮膚が乾燥している老人、特に五十歳以上の男性の中から、左右どちらかの頬の皮膚の角質化とそれに伴う痒《かゆ》みを自覚し、訴える者が出はじめた。痒いものだから頬をばりばり搔《か》きむしると、角質化した白い表皮がぽろぽろと剝落《はくらく》し、さらに搔き続けると真皮が破れて血がにじみはじめる。この真皮の壊死《えし》した組織がまた角質化し、それは以前のものよりもさらに硬くなって、次第に赤褐色を呈しはじめ、やがて硬さといい色といい、また形といい、ちょうどクレール蟹の甲羅を頬へ張りつけたようになる。これこそが症名の由来なのである。症状がここまで進んでしまうともう痒みはなくなる。そしてしばらくはそのままの状態が続くのである。

原因不明で治療法も見つからぬまま、患者はどんどんふえていった。医師の水戸《みと》辺《べ》先生は最初老人性の皮膚疾患であろうと考え、患者に栄養剤や栄養クリームをあたえているだけだったが、それによって病状の進行を食いとめることができないことはすぐにわかり、これは風土病であろうと考えなおし、あわてて細菌学者の承博士やおれの協力を求めてきた。

おれたちは患者を片っぱしから調べ、壊死した頬の組織を観察した。患者の大きく開いた口腔《こうこう》を覗《のぞ》きこんで頬の患部の裏側を見るとそこも角質化していることが認められ、外科的に患部を除去することが不可能であることをおれたちは知った。じつは比較的裕福な老人の患者が疾患初期に水戸辺先生のところへやってきて、手術によってこのいまいましい皮膚を剝《は》ぎとってくれと頼んだことが二、三度あったらしい。水戸辺先生は拒んだらしいが、もしやっていたら大変、頬にぽっかりと大きな黒い穴があくところだったのだ。角質化は頬の薄く柔らかい筋肉にまで及んでいたのである。

承博士は切りとった患部の組織から、このクレールの海水中に多く見かける連鎖球菌を発見した。これはもともとクレール蟹に寄生している細菌だったのだ。しかし、クレール蟹を食べたためにこの細菌が人間へ移ったのか、あるいはクレール蟹がいなくなって宿主に困ったこの細菌が人間を新しい宿主に選んだのか、そこまでは承博士にもわからなかったようだ。

承博士が疾患の原因をほぼこの細菌と考え、仮に蟹甲癬菌と名づけたこの連鎖球菌が嫌う物質を発見しようとして研究している最中、患者の一部の者が自分の頬の甲羅を自由自在に取りはずしたりもとへ嵌《は》めこんだりしていることが判明し、またもや大騒ぎになった。これをいちばん最初にやりはじめたのは市のはずれにひとりで住んでいて日中は他の連中とウラニウム鉱山で働き、日没後は海へ出て残り少ないクレール蟹を漁《と》るという日課をくり返していたロドリゲス爺《じい》さん。ある夜頬の蟹甲癬をいじりまわしているうちにぱっくりと甲羅がはずれ、頬に楕円《だえん》形の穴があいて奥歯と歯茎がまる出しになってしまった。びっくり仰天した爺さんが大あわてで鏡を見ながらなんとかもと通り頬に甲羅を嵌めこもうとして周囲の皮膚をつまんだり引っぱったり苦心していると、今度はぴったりともとに納まった。コツさえわかれば簡単に取りはずしできることを知った爺さんが、近所の子供たちの人気を得ようとして腕白連中を集めこれをやって見せているうち、母親たちが騒ぎ出した。

「やめてください」

「グロテスクです」

「子供たちにあんなものを見せるなんて、悪趣味だわ」

噂《うわさ》が市内に拡《ひろ》まると、もしかしたらおれにもできるかもしれんと考えて患部の取りはずしを試みる老人たちや、また、隣りのお爺ちゃんにできるのならうちのお爺ちゃんにもできる筈《はず》というので孫にやって見せろとせがまれ、しかたなくはずして見せる老人もいて、そのうち、どうやら患者がすべて甲羅を自由自在に取りつけ取りはずしができるらしいということは明確になってきた。

「ずいぶん変な病気ですなあ」

おれと承博士と水戸辺先生は、承博士の研究室に集まって善後策を相談した。クレール植民地市民二千八百名の生命はおれたち三人が預っているといってもいいのだから、責任は重大である。

「あの、甲羅の取りはずしの頬べたぱっくりこ、禁止するよろし」と、承博士はいった。「症状これから先、どう進行するか、わたしたちまったく予想できとらんのことよ。あの黴菌《ばいきん》、何食べているかもよくわかっていないある」

「頬の筋肉に寄生しているんじゃないんですか」

「ところが頬べたの筋肉壊死しても他のところに症状あらわれない。もう片方の頬べた、不可思議のことに、なんともない。どこに潜伏しているかもわからないのでたいへん困るのことな。手の打ちようないよ」

「患者の誰かが死ねば解剖できるんですがね」五十六歳の水戸辺先生が、頬をばりばり掻きむしりながらいった。どうやら彼も蟹甲癬菌にとりつかれたらしい。

「クレール蟹の捕獲は全面禁止しました」と、おれはいった。「もとの個体数に戻って安定するまで、だいぶかかるでしょうが」

甲羅の取りはずしは見る者に不快感をあたえるので、ひと前では慎しむようにとの警告が全市に行きわたり、大っぴらにこれをやって見せる老人の姿は滅多に見かけなくなった。症状の進行も停まった様子で、これ以上悪くはならないのかと思っておれや先生や博士がややほっとしかけた時、またまた変な噂を耳にした。

噂の主は七十二歳ですでに隠居している前クレール市事務官のマックス氏である。

このマックス氏がある夜自分の部屋で、ひとりこっそり頬から取りはずした甲羅をつくづく観察しているうち、たまたま、いつの間にか甲羅の裏側に、ちょうどクレール蟹の甲羅の中にある例の白いペースト状の「脳味噌」のような物質が多量に付着していることに気がついた。そこでさっそく、ためしに指さきでこそげ取って食べてみたというのであるが、ここが老人の無神経なところで、よくぞまあ、自分の皮膚病の患部を食う気になったものだ。しかし勇気をふるって食べてみただけのことは充分あったらしい。なんとそれは、あの美味なクレール蟹の「脳味噌」そっくりの味だったというのだ。この話を聞き、さっそく自分の頬の患部から「脳味噌」をこそげ落して食べはじめた老人もいるらしい。味がひとによって違うということもなく、いずれもクレール蟹の甲殻内の脂肪そっくりの旨さであるという。そんな不潔なものをよく平気で食えたと思うが、他人のものならともかく、自分の肉体の一部に発生したものであるから、ちょうど子供が自分の瘡蓋《かさぶた》をひっぺがして食うようなもので、わりあい汚さを感じないのであろう。

この話を聞いておれたちはまた心配になり、そんなものを食って生命に別条はないのかと、さっそく患者の患部から少し採取してきた「脳味噌」を分析してみた。

しかし承博士の分析によれば成分は高分子の蛋白化合物であったらしく、これはどうやら患部の組織と崩壊した蟹甲癬菌が混りあってできた物質であろうということになり、食べてもたいした害はないことがわかったので、特に食うなという警告は出さぬことにした。あまりさまざまな警告を矢継ぎ早に出しても効果はない。

クレール蟹の「脳味噌」があんなに旨かった理由は、寄生していた連鎖球菌のためであったようだ。ではあの連鎖球菌を研究すればすばらしい調味料が発見できるのではないか、と、おれはそんなことを思った。しかしそのような呑気《のんき》なことを考えている場合ではなかった。患者はどんどん増加し、爺さんだけに限らず婆《ばあ》さんや中年の男性にまで疾患は拡がりつつあったのだ。水戸辺先生も承博士も、そろそろ取りはずしができると思える大きさの甲羅を片頬に張りつけていた。

蟹甲癬のことは地球にも伝わったらしく、ぱったりと貨物の便が来なくなった。見捨てるつもりはないのだが、伝染を恐れて行く者がいない、もう少し待ってくれという連絡が多くの中継衛星経由で二、三度あり、その連絡さえすぐに途絶えた。見捨てるつもりなのである。たちまち食糧事情が悪化した。栽培しているクロレラだけが頼みの綱となり、なんとかこのクロレラ以外に現地で栽培できるものはないかと皆が食いもの捜しや菜園作りにけんめいとなったため、またたく間に鉱山《やま》は荒れ、採掘機械は錆《さ》びはじめた。ウラニウム鉱を採掘したって、取りにくる船はどうせ一隻《せき》もないのだ。

動物性蛋白質が不足してくると、蟹甲癬症患者にとっては自分の患部の「脳味噌」が貴重な栄養源になってくる。なぜかこの「脳味噌」、全部残らず舐《な》めてしまっても、頬に嵌《は》めこんでさえおけば次の日にはちゃんと甲羅の裏に何十グラムかが付着していて、なくなるということがない。孫や近所の幼い子供たちにせびられ、甲羅の裏を舐めさせてやる老人もいて、最初のうち母親はじめ家族の者はこれを汚いと思って厭《いや》がったが、老人に食わせてくれるなと頼むと、旨いものはよく知っていて不潔さなどなんとも思わぬ子供たちが、あの「頬が落ちる」ぐらいおいしいお爺ちゃんの頬っぺのお味噌が食べたいと泣きわめき、老人も「脳味噌」を子供たちに舐めさせていると自分の肉体の一部を彼らに頒《わか》ちあたえているような気がし、これにはなんとなしに動物的本能に通じる快感があるので食わせたがる。そのうちいよいよ食いものが欠乏し、患者が自分の「脳味噌」を食うことが常識となり、誰もおかしいと思わなくなってくると、家族の者も子供のおやつを提供してくれる老人に感謝さえするようになった。

患者数の方はどんどんふえて低年齢層へと拡がっていき、中年女性からついには青年男女にまで及んだ。比較的初期に感染した若い娘の中からは自殺者さえ出たが、やがて、ちょっと町を歩けば子供を除くとその辺にいる人間みんな頬に蟹の甲羅をひとつずつへばりつけているという有様になったため、苦痛がないせいもあってさほど気にする者もいなくなってきたようであった。むしろまだ罹患《りかん》していない者が甲羅の中の珍味を食いたがり、寝ている間に甲羅を盗まれたという頬べた盗難事件さえ起った。

おれ自身もある晩夢うつつで痒い頬を掻きむしったため、朝にはくっきりと右頬に暗赤色の蟹の亡霊が浮かびあがっていて、ついに蟹甲癬症患者の仲間入りをすることになった。こうなってくるともうやけくそ、一日も早く自分の頬の「脳味噌」を食いたいものだと居直って、症状の進行を待ち望む気になり、今さらあわてふためくこともない。

とうとう患者の中から死者が出た。といっても蟹甲癬のためではなく、心臓病によるものであることははっきりしていたから、誰もあわてたり恐れたりする者はいなかった。死んだのは六十九歳のモハンダス爺さん。ながらく採掘場の監督をしていたのだが最近急に惚《ぼ》けてきて人の名前がわからなくなったため隠居していたのだ。心臓は中年以後の持病で水戸辺先生が診療していた。われわれはこのモハンダス爺さんを解剖し、蟹甲癬菌の人体寄生ぶりを徹底的に追求することにした。

その連鎖球菌は内臓からも四肢からも発見できず、最後に頭蓋《ずがい》をとり除いてみるとやっと脳の中から出てきた。驚いたことにこの細菌、脳を食い荒していたのである。モハンダス爺さんは大脳皮質の厚い灰白色の部分を侵され、そこはぼろぼろになっていて、量も減っていた。

「あれは脳味噌だったのだ」と、水戸辺先生は叫んだ。「われわれはたまたま『脳味噌』などと呼んでいたが、あの珍味はなんと、本当にわれわれ自身の脳味噌が細菌によって物質代謝されたものだったのだ」

「噯呀《アイヤ》。わたしなぜ早くそれ気がつかなかったのことよ」承博士が嘆声をあげた。「頬べたの壊死した組織と黴菌の死骸《しがい》だけで、あんな高分子の蛋白化合物できる筈《はず》なかったある。あれ、黴菌が脳から運んできて自分たちの力で分解やら結合やらしておいしくした脳味噌だたのだよ」

「なぜ脳味噌を甲羅の裏へ。いったい、どうやって」

　おれの質問に水戸辺先生は、いつもの彼には似合わずゆっくりと考えながら、なぜかひどくのろのろと答えた。「食って運んできて、甲羅の裏で死ぬんだろうね。分裂増殖は、あきらかに脳内で行っている。なぜ甲羅の裏で死ぬのかよくわからんが、そうすればそこがクレール蟹の甲羅の中と同じようになることは確かだ」

「それでわかった」おれは言った。「最近あちこちで老人たちが急に惚けはじめました。惚けるだけでなくいろんな身体的障害を起しています。しかもその老人の職業にいちばん必要な能力が駄目になるという形でね。たとえばこのモハンダス爺さんは、坑夫たちを監督する立場にありながら彼らの名前を全部忘れてしまった。酒場をやっているグレゴリイさんは、まずシェーカーが振れなくなり、次に味がわからなくなりました」

「それはおそらく小脳と、それから間脳の視床の、腹側核あたりを食われているんだ」

　おれたちは顔を見あわせた。

　突然、水戸辺先生が泣きはじめた。「わたしはこの間から、患者の症状を総合的に見て病名を判断するという能力の衰えをつくづく感じとります。これは医師にとっての致命的な結論の批判力を大脳の知能的前頭葉であって」彼は頭を掻きむしった。「ああっ。ついに言葉も喋《しゃべ》れなくなった」血走った眼で、彼はおれと承博士を見た。「しかしわたしは、自分の脳のどの辺がやられているかはよく知っとりますぞ」

承博士が、はっとした様子で眼を丸くした。「この細菌、その人間の脳の、いちばん発達した部分食うあるか。あなたそう言いたいあるか」

水戸辺先生はうなずいた。「そうあります」

「なぜです」おれは叫んだ。「そこがいちばん発達した部分なのかどうかが、細菌ごときになぜわかるのです」

水戸辺先生は悲しげにおれを見た。「うまいからじゃろ」

老人たちに脳味噌《のうみそ》を貰《もら》って食べている子供たちの中から一人も感染する者が出ないのを不思議に思っていたのだが、やっとその理由がわかった。子供の脳はあまり発達していないので、細菌としては食べてもうまくないのであろう。

ついには十七、八歳以下の子供を除き、すべての人間が蟹甲癬《かにこうせん》になった。それぞれの職業への適性は、老人から順にどんどんなくしていき、仕事をやめさせられる者、自ら抛棄《ほうき》する者が日毎《ひごと》に増加した。水戸辺先生も完全に惚けてしまい、病人に毒を注射したりするので、おれたちは彼から医師の免許をとりあげた。承博士は視力が衰えて顕微鏡を扱えなくなり、自ら研究所を閉鎖した。

地球からはその後、近くの惑星都市より食糧を積みこんだ無人宇宙船を打ちあげ、そちらに向かわせる、今その準備中なのでもう少し待ってくれという連絡が一度だけあり、その後はまたもやふっつりと通信してこなくなった。おれはたいして希望を抱かなかった。もしそれをやる気があったとしても、この近所の星からの無人宇宙船の打ちあげが大変な作業であることを知っていたからだ。

市内には失業者があふれ、それが全市民の九十パーセントを突破した直後、ついにおれからも職務能力は失われた。役所にある自分のオフィスへ出勤しても、何をやればいいのかわからないのだ。伝染病のため就業不能という届けを出し、おれは町の中を毎日ほっつき歩いた。人口はさほど多くないから暴動めいたものもなく、みんなそれぞれ自分の家で配給の食料品を食いのばしているらしく、大通りはひっそりとしていた。

役所へ出なくなってから何日か、何週間か、あるいは何カ月か経《た》ったある日、おれが公園のベンチに腰をかけてぼんやりしていると、傍へ六、七歳の女の子がやってきて佇《たたず》んだ。最初おれは、彼女がおれの頰の甲羅をじっと物欲しげに見つめていることを知りながら、いったい彼女がなんのつもりでおれの横に立っているかがよくわからなかった。この娘のような感じのいい女の子のことをなんていうんだろう、ああそうだ、「可愛《かわい》い」っていうんだっけ、などと考えていると、彼女はおずおずとおれに訊《たず》ねた。

「ねえ、おじさん。お味噌ある」

「お味噌かあ」おれは自分の頰の甲羅をひっぺがそうとしながらうなずいた。「そうか。おじさんのお味噌が欲しかったんだね。あげるよ。だけど、あまりたくさんはないかもしれないよ。ええと。食べたのが今朝方だったか、ついさっきだったのか、よく思い出せないんだけど」

この子が成人するまでに、あいつが海いっぱいになるだろうか。

おれの甲羅を両の掌《てのひら》でしっかりと握り、裏側をぺろぺろと舐めている娘に、おれは訊《たず》ねた。「おいしいかい」

娘はおれをうわ眼遣いに見てうなずいた。

「うん。おいしい」

そうだ。この子が大人になるまでに、あいつが海いっぱいになってくれたら間にあうのだ。ああ。間にあってくれ。

だが、いったい何に間にあうのか、海いっぱいになるのがどんなものなのか、そこまでは、もはやおれには思い出せなかった。ただ、間にあってくれという祈りだけが切実に、おれの胸を大きく満たしているだけだった。


（「問題小説」昭和五十一年四月号）

かくれんぼをした夜

てっちゃんたち、八人が、なぜ、そんなにおそくまで、学校にのこっていたのかわからない。

掃除当番だったのだろうか。

学校には、てっちゃんたちのほか、生徒は、誰もいなかった。

かくれんぼをして、遊びはじめたのが、すでに、夕方だった。

てっちゃんは、何度か、オニになった。

夜になり、廊下の電灯がついた。どの教室も、しんとしていた。

教室は暗かった。だから、かくれんぼは、面白かった。

夜、かくれんぼをすると、必ず、悪いことが起きる。だから、してはいけない。

そう言われていた。

それは、みんなが知っていた。

なのに、その日にかぎって、なぜ、夜おそくまで、かくれんぼをしていたのだろうか。

きっと、よほど面白かったのだろう。

だから、やめられなかったのだ。

オニになった子は、教室のすみの、先生の机の上に顔をふせ、百までかぞえる。

それから、みんなをさがしまわるのだ。

てっちゃんは、オニになっているとき、いちどだけ、机の上へ顔をふせたまま、うとうとと、いねむりしてしまった。

「てっちゃん。てっちゃん」

誰かが、てっちゃんを起そうとして、わきの下を、くすぐっていた。

てっちゃんは、眼をさました。

それは、松ちゃんだった。

「あ。松ちゃん、見つけた」

てっちゃんは、そう叫んだ。

もう、何時ごろなのか、誰も、知らなかった。それでもみんなは、かくれんぼの面白さに、夢中だった。

外は、すっかり暗くなっていて、窓から見ると、空には、月が出ていた。

源ちゃんが、オニになった。

てっちゃんは、かくれる場所をさがして、図書室に、やってきた。

図書室のすみには、ひとつだけ、明るい電灯が、ついていた。

てっちゃんは、ぎっしりと、本が並べられている、本棚を見ているうち、まだいちども、読んだことのない本があることに、気づいた。

てっちゃんは、本が好きだったので、図書室にある本は、ほとんど、読んでしまっていたのだ。

それは、「宇宙の神秘」という、本だった。

きっと、図書係の先生が、新しく買った、本なのだろう。

そうに、ちがいなかった。

てっちゃんは、その本をとり出し、机に向かって、腰をおろすと、さっそく、明るい電灯の下で、読みはじめた。

かくれんぼを、していることなど、すぐ、忘れてしまった。

その本は、それほど、面白かったのだ。

てっちゃんの、今まで、ずいぶん不思議に思っていたことが、その本には、すべて、書かれていた。

その本が、てっちゃんに、答えてくれたのだ。

そのかわり、その本を読んだため、てっちゃんには、新しく、もっと不思議に思えることが、たくさん、できてしまった。

その本を、読み終えたとき、てっちゃんには、自分が、なぜ、そんなにおそくまで、学校にいたのか、どうしても、思い出すことが、できなくなっていた。

てっちゃんは、いそいで、家に帰った。

てっちゃんは、それから、宇宙の本を、たくさん、読むようになった。

てっちゃんの、名前は、山口哲雄といった。

てっちゃんは、勉強の、よくできる子だった。

てっちゃんは、やがて、大学へ行き、宇宙物理学を、勉強することになった。それは、きっと、図書室で読んだ、あの本の、影響だったに、ちがいない。

てっちゃんは、研究に、うちこんだ。

大学を、一番で卒業したあと、てっちゃんは、その大学に残って、さらに研究を続けた。

いろいろな発見をした、てっちゃんは、理学博士になり、大学の教授になった。

ある日、てっちゃんは、突然のように、かくれんぼをした、夜のことを、思い出した。とても、なつかしかった。

そして、自分が、「宇宙の神秘」という、あの本を、読みはじめたため、かくれんぼのことを、すっかり、忘れてしまったのだということにも、気がついた。

みんなに、とても、悪いことをしたのではないだろうか、と、てっちゃんは思った。

そのことは、すぐに忘れてしまったが、でも、心のどこかに、残っていたにちがいない。

その年には、小学校の同窓会があった。てっちゃんは、行くことにしたのだ。それまで、同窓会など、一度も行ったことはなかったのに。

その夜、同窓会が終ってから、てっちゃんは、二次会で、同じクラスだった友達といっしょに、小さな店へ行った。

酒を飲み、楽しく、昔の話をしているうち、てっちゃんは、そこにいる同窓生たちが、みんな、あの、かくれんぼをした夜の仲間だということに気づいた。

「かくれんぼをした夜のことを、おぼえているかい」と、てっちゃんは、みんなにたずねた。

みんなが、おぼえていた。かくれんぼをした、なつかしい仲間が、そこに、そろっていることも、みんなが思い出した。

「あのかくれんぼは、まだ、終っていないんじゃなかったのかい」松ちゃんが、そういった。

松ちゃんは、役者の子だった。だから松ちゃんも、今は市川松蔵という役者になり、名優といわれていた。

「そうだ、そうだ」

みんなが、うなずいた。

「あのときは、さいごに、源さんがオニだったのだぞ」

源さんは、久永源一という名だった。源ちゃんは新聞記者になっていて、今はみんなから、源さんと呼ばれ、親しまれていた。

源さんはさっそく、テーブルの上に、ちょっと顔をふせてから、すぐ顔をあげ、ひとりひとりを指さして、大声をあげた。

「あ。てっちゃん、見つけた。あ。松ちゃん、見つけた」

みんなが、声をあげて、笑った。

「おやおや。みんないちどに、見つかってしまったな」

「じゃあ、次のオニをきめよう」

見つかったもの全員で、じゃんけんをし、次のオニをきめることになった。

じゃんけんに負けたのは、てっちゃんだった。てっちゃんは、テーブルに顔をふせ、数をかぞえはじめた。

源さんや、松ちゃんたちは、くすくす笑いながら、音を立てないように、二人、三人と、その小さな店を出ていった。

百までかぞえ終ったてっちゃんが、テーブルから顔をあげたときには、もう、誰もいなかった。

てっちゃんも、くすくす笑った。それから、その店の勘定を、みんなの分といっしょに払い、まだくすくす笑いながら、ひとりで帰っていった。

源さんは、ながい間、記者生活を続け、活躍し、やがて新聞社をやめた。

ある日源さんは、新聞で、名優市川松蔵丈が死んだ、という記事を読み、おどろいた。

松ちゃんが、死ぬまでてっちゃんと、親しくつきあっていたことも、その新聞でわかった。新聞社の誰かが、松ちゃんと、てっちゃんのつきあいを知っていたらしく、てっちゃんに、「追悼の辞」の原稿を、たのんでいたからだ。

てっちゃんの書いた、その「追悼の辞」には、あの、かくれんぼをした夜のことが書かれていた。さらに同窓会の夜の、あの小さな店の思い出につづいて、てっちゃんは、さいごに、こう書いていた。

「それ以来、松蔵丈は、しばしばわたしの、大学の研究室を訪れるようになった。舞台がはねてからなので、松蔵丈が訪れるのは、夜になることが多く、いちどなぞ、わたしは研究の疲れで、机に顔をふせ、うたた寝をしていたのだ。その時、松蔵丈は、こっそりわたしのそばに近づいてきて、

『てっちゃん。てっちゃん』

といいながら、わたしのわきの下をくすぐった。わたしは眼ざめ、松蔵丈の笑顔に気がつき、

『あ。松ちゃん』

といいながら、ああ、このひとはまだ、あの時のかくれんぼを続けているつもりでいるのだなあ、と、思ったものである」

この文を読んだ源さんは、声をあげて泣いた。

なつかしさでいっぱいになった源さんは、すぐ家を出て、大学の研究室へ、てっちゃんを訪ねた。もう夜だったのに家を出たのは、てっちゃんがおそくまで研究室にいることを、てっちゃんの文で知ったからだ。

もう、誰もいない大学の、小さな、「理学博士・山口哲雄研究室」の中に、てっちゃんは、いた。

てっちゃんは、高くつみあげられた本の間で、机に向かったまま、顔をふせ、うたた寝をしていた。

源さんは、そっとてっちゃんに近づいた。そして、てっちゃんのわきの下をくすぐった。

「てっちゃん。てっちゃん」

てっちゃんは、すぐ、眼をさました。

「あ。源さん、見つけた」と、てっちゃんはいった。

源さんの眼と、てっちゃんの眼は、たちまち、涙でいっぱいになった。なつかしさに、ふたりは抱きあって、おいおい泣いた。

それからふたりは、ながい間、松ちゃんのことや、昔のことを話しあった。

あの、かくれんぼをした夜のことを話しているうち、源さんは、ふと思い出して、てっちゃんにたずねた。「かくれんぼをしたとき、見なれない子が、ひとり、いただろう」

「そうだ。いた」てっちゃんも、思い出して、はっとした。「あれは、転校してきて、間なしの子だったよ」

「そうだよ。あの子は、ぼくの家の近所に、引越してきたんだった」と、源さんがいった。

「あの子は、同窓会の夜、いなかった。あの子の名は、なんていったかなあ」

てっちゃんは、思い出そうとして、遠くを見るような眼をした。

「そうだ。思い出したよ。福田君だ。ぼくがオニの時だった。みんなをさがしているうちに、あの子が、階段にかくれているのを見つけたんだ。それでぼくは、あっ、といって、指さした。だけどあの子の名前が、どうしても、急には思いつかなかったんだ。するとあの子は、にこにこ笑って、ぼくに、福田でーすといって、自分の名前を、教えてくれたんだった」

源さんも、思い出した。「そうだ、そうだ。福田君だったよ。でもどうして、あんなにおそくまで、ぼくたちと遊んでいたんだろう」

「きっと、転校してきたばかりなので、早くぼくたちと、友達になりたかったんだよ」

「なつかしいなあ」

「なつかしいなあ」

ふたりは、それからしばらく、だまったまま、なつかしさにひたっていた。

「でも、あの子は、どうして、同窓会に来なかったんだろう」と、源さんは、首をかしげた。「そして、あの子が来ていないことに、どうして誰も気がつかなかったんだろう。だって、かくれんぼをした時は、八人だったのに、あの店にいたのは、七人だったからね」

「そうだったかな」

「うん。たしかに、そうだったよ」

てっちゃんは、ひざを叩《たた》いた。「もしかするとあの子は、かくれんぼがまだ続いていると思って、あの学校のどこかに、今でもかくれたままでいるのかもしれないよ」

源さんは、眼を丸くした。「そうだろうか」

「きっとそうだよ。だって、あれからぼくたちは、あの子の姿を、いちども、見たおぼえがないじゃないか」

その通りだ、と、いうことに、源さんも気がついた。「じゃ、いちど、学校へ行って、あの子をさがしてみようじゃないか」

「うん。そうしよう」

ふたりは、いつかきっと、いっしょに学校へ行ってみようと約束した。

でも、その約束は、とうとう、果たされなかった。

源さんが、病気になってしまったのだ。

それほど重い病気ではなかったが、ながい間、源さんは床についたままだった。

てっちゃんが死んだことを、聞かされたとき、源さんは、「とうとう、てっちゃんも、松ちゃんも、見つけられないところへ、かくれてしまったな」と、つぶやいた。あのかくれんぼが、まだ続いていて、今、自分がオニなのだということを、思い出したからだった。

源さんは、死ぬまで、てっちゃんといっしょに、学校へあの子をさがしに行かなかったことを、悔やみ続けていた。

（「SFアドベンチャー」昭和五十六年一月号）

風

「門の戸を誰かが叩《たた》いていますね」

「風だろう」

「風でしょうか。風なら、ばたん、ばたんという音がする筈《はず》ですけど、どうん、どうんと鳴っていますよ」

「ああいう鳴りかたをすることはよくあるよ」

「あなたはいつもそうおっしゃるけど」

「ああ。そしていつも、風だったじゃないか」

「ええ。そしていつも風でしたね。でも、誰かが来たのかもしれませんわ」

「でも、いったい誰が来るっていうんだね。こんな夜中に」

「そうですわね。こんな夜中にねえ。ああ。また鳴ってます。やはり夜中だから気になるんでしょうね」

「そうだよ。もし誰かだったとして、こんな夜中に来るようなやつはどうせ、ろくなやつではない」

「それはそうかもしれませんけど」

「そうさ。ろくなやつではないというほどの人間ではなかったとしても、ろくな用件ではない筈だ」

「夜中ですものね」

「夜中なんだものな。ただわたしに会いたいというだけで夜中に来たりするやつはいない。だいたい本心からわたしに会いたいと思っているやつなんて、ひとりもおらんだろう。何かを頼みたいというやつだけしかわたしには会いにこないのだから」

「そうでもないでしょう」

「うん。そうでもないな。他には、恨みごとを言いに来るやつもあるからな。わたしを恨んでいるやつはだいぶ多いようだな。わたしに言わせれば、わたしを恨むのはお門違いなんだがね。みんな、自分を恨めないものだから、かわりにわたしを恨んでいるんだよ」

「いいえ。わたしがそうでもないでしょうと言ったのは、そんな人たちのことではなくて」

「誰のことを言ってるんだね。次郎のことを言ってるのかい」

「次郎だったらどんなに嬉《うれ》しいでしょうねえ。あの子はあのベージュ色のコート、まだ持ってるかしら」

「あいつは帰ってきたりしないよ」

「そうでしょうか。お金に困って帰ってくるということだって」

「いや。それなら尚《なお》さら帰ってはこないよ」

「そうなんですね。あの子は負けず嫌いだから」

「そこがいいところなんだがね。あれだけわたしを罵《ののし》って出て行ったんだから、金に困ったぐらいでは絶対に帰ってこないよ。もしそんな有様《ありさま》で帰ってきたりしたら」

「もし帰ってきたら、どうなさいます」

「人間の屑《くず》になってしまった、ということだろうね。やはり追い返すよ。ああ。わたしならもう、お茶はいいよ」

「わたしがいただきますわ」

「あまり飲むと、寝てから便所へ行くのが辛《つら》いぞ。寒くて」

「わたしは平気ですの。家の中ですもの。暖かいわ」

「そうかねえ」

「また鳴りましたね。どうん、どうんって」

「ひとが叩いているのなら、もっと力強く、どん、どんって鳴るよ」

「力強く叩けないんじゃないでしょうか」

「遠慮がちに叩いているように聞こえるのかね。次郎が戻ってきて、遠慮がちに叩いていると、そう思うのかい」

「そんな子じゃ、ありませんしねえ」

「ああ。あいつはそんな子じゃないよ」

「ほうら。あの鳴りかた」

「風ぐらいでは鳴らないように、門を造りかえなきゃいかんな」

「もう何年も、あなたはそう言ってこられましたけど」

「お前が、そんなことしなくていいというからさ」

「そうですよ。風の音ぐらいのことで。ドア・チャイムさえつければいいことじゃありませんか」

「あれを鳴らされれば、夜中でも出なきゃいかんだろう」

「ドア・ホーンっていうんですか。あれにすれば」

「話をしなきゃならんだろうが。わたしが人嫌いなことはお前がいちばんよく知っている筈なのに」

「でも、昔は人嫌いじゃなかったのに」

「そうだったな。だからひとによく騙《だま》されたもんだ。あれでお人好《ひとよ》しの自分がたまらなく厭《いや》になってな。騙されるぐらいならまだしもひとに嫌われた方がましだと思うようになったのだが、あれはいつ頃からだったろうなあ」

「よくひとに騙されましたねえ。わたしも厭でしたよ。だからあなたの気持、よくわかりますよ」

「厭だったなあ」

「夜も眠れませんでしたものね」

「また鳴ったなあ」

「ええ。まるで風ではないみたいでしたね」

「でもやっぱり風だろうねえ。こんな夜中に訪ねてくるやつなど、ひとりもいないってことはよくわかってるんだから」

「ほんとにひとりもいませんか」

「いないだろうねえ」

「思いがけないひと、あっと驚くようなひとが訪ねてくるというようなことは」

「誰のことを言ってるんだね。まさか市郎なんてこと、考えてるんじゃないだろうね」

「ああ。もう三十年以上も前のことになってしまったんですねえ。あれは」

「そうだねえ。苦しかったねえ」

「三十年間、ほとんど、ずっとでしたねえ。門が風で鳴るたびに、市郎じゃないかって」

「お前はほんのこの間まで、門が鳴るたびに外へ出ていたな」

「いいえ。外へ出たのは十年ほど前までですよ」

「市郎が帰ってくる筈はないよ。だってお前、もし生きていたとしたら三十八歳の男性なんだよ」

「ほほ。そうですね。それならもっと早く帰ってきている筈ですものね」

「そうさ」

「あれはやっぱり誘拐《ゆうかい》だったんですかねえ」

「わからんなあ。いちど変な電話がかかってきたが、行方不明が報道されてからだったから、いたずら電話だったんだろうなあ」

「きっとそうですよ。だって、ただ、市郎をあずかっていると言っただけですものね」

「身代金《みのしろきん》のことなど、言わなかったんだからな」

「あのあとの二、三年、厭でしたね」

「そうだったなあ。市郎の夢を見るのが辛くてな」

「よく目醒《めざ》めてから泣いてられましたね」

「お前もよく、誰かが来るたびに市郎が帰ってきたと言ってはとび出して行って、市郎ではなかったといって泣いたもんだな」

「ほほ」

「ははは」

「市郎は、とても高貴な顔立ちをしていて」

「最近市郎のことを、割合楽に思い出せるようになったね」

「そうですね。以前はタブーでしたものね」

「歳《とし》をとったせいかねえ」

「ええ。もうすぐ市郎のところへ行けるなんて思ってるからでしょ」

「そうかもしれんなあ。でも、わたしたちは幸福だよ。そう思わなきゃいかんよ。だってわたしたちは孤独じゃないんだからね」

「ええ。わかっていますよ。わたしにはあなたがいるんだし」

「家族がいくら多くても、心が通いあっていずに、夫婦も親子もみんなばらばらで、それぞれが孤独だというひとたちがとても多いんだからね」

「わたしたちはとにかく、ふたりでいるんですもの」

「そうだよ。その通りだよ」

「今、はっきりと誰かが叩きましたね」

「風だろう」

「そうでしょうか。はっきり、大きく二度、どん、どんと」

「風だ」

「ええ。風だと思いますけど。でも、ちょっと出てみようかしらん」

「やめなさい。風だ風だ」

「そうだろうとは思うんですが」

「そんなに気になるのかい」

「ええ」

「じゃあ出て見なさい。久しぶりだね。お前が外へ出てみるのは」

「そうですね。ほほほ」

「ははは」


「誰だったの」

「やはり風でしたよ」

「でも、男のひとの声がしていたじゃないか」

「だから、自分は風だと名乗る男のひとだったんですよ」

「風」

「ええ。わたしもひと眼見て、そう思いましたよ。ああ、このひとは風なんだなって。だってねえ。風は吹いていなかったんですよ。なのにあのひとの髪はなびいていたわ。白い絹のマフラーもね。あのひとは笑っていたわ。わたしが見つめているのと恥かしそうにして、別にご用はないのですがなんて。そうよねえ。風には、わたしたちに何の用もある筈はないわ。ただ、来てくれたのよ。でも、とてもよさそうなひとだったわ。もっと早くに来てくれたらよかったのにね」

「いや。そのひとはわたしたちを訪ねる時を、間違えてはいなかったよ」

「そうでしょうかしら」

「そうだと思うがね。もっと早く来ていたら、わたしたちには激しい衝撃があったかもしれない」

「ああ。そうですね。やさしいひとなんですね。わたしたちのこと、よく知っていて、よく考えてくれていたんですね」

「そのひとは、市郎に似ていたかい」

「そんな気がしますわ。次郎にもね」

「ベージュ色のコートを着てはいなかったかい」

「ええ。ええ。ベージュ色のコートでしたよ」

「じゃあやっぱり、風だったんだねえ」


（「小説現代」昭和五十九年五月号）

都市盗掘団

1

工科大学を中退した斎藤は、埋蔵財貨の盗掘団に入ったばかりだった。そのグループはおもて向き建築工事を請負っていて、実際にも資格免許をとっている者が社長の兼松以下何人かはいたのだが、なにしろ裏の盗掘で莫大《ばくだい》な収穫を得ているため、よほど旨味《うまみ》のある仕事でなければ請負うことはなかった。

戦争が終って十年以上経《た》っていたが、まだ秩序のある復興はなされず、誰もが思い思いに半壊した建造物を改築して住んだり使ったりしている状態であり、斎藤が入社した「兼松建築」も古いビルの、今は半地階となったもとの一階を事務所にしていた。もっとも、世の中がそういう状態であったからこそ彼ら盗掘団の暗躍も可能だったわけであるが。

都市部では爆撃のために陥没したところが多く、戦争中爆撃に使用された広域用爆弾は周囲二キロにわたって陥没を惹起《じやつき》させるという特殊な効果を持っていたから、投下された地区の周辺部では建物ごと垂直に十メートル陥没した例もあった。「兼松建築」の事務所が半地階にあるのも、建物全体が一メートル半、垂直に陥没したからだ。

「ねえ国木田さん。あの家はいったい何ですか」事務所の片隅に一応の机をあたえられていた斎藤は、ある日、一年先輩の国木田にそう訊《たず》ねた。

「ああ。あれか。大きな屋敷だろう」隣席の国木田は、斎藤の席のすぐうしろの壁に開いた、人ひとりが通れそうな裂けめからさらに地下を見おろして言った。「都会のまん中に残っていた古い大きな日本家屋で、古い家系の金持ちが住んでいたらしいんだけど、爆撃の余波で十メートルも陥没してしまってあの始末さ」

「二階建てがすっぽり、地下におさまってしまったんですね」

「上が道路になってしまってね。でも、あちこちの裂けめから、斜めの陽光だけは充分射《さ》しこんできているみたいだな」

「誰か住んでいるようですよ。このあいだ残業していて気がついたんだけど、夜になると明りが点《つ》いていています」

「そうか。大家族だったそうだから、生き残りの誰かがまだ住んでいるのかもしれんな」

「いちど、行ってみようかな」

「お前も物好きだな」国木田は笑った。「実は幽霊が棲《す》んでいるだけで、とり憑《つ》かれて帰ってこられなくなるかもしれんよ。気をつけろ」

戦前の市街図と戦後のそれを照合する作業に飽きたある日の午後、斎藤は縦にひび割れた壁の裂けめから、瓦礫《がれき》の上に抜け出た。つみ重なって山となった瓦礫の頂きは裂けめのすぐ下にまで達していて、そこからなだらかな勾配《こうばい》をなして地下三階分ほどの深い地底にある日本家屋の庭のはずれにまで達していた。巨大なコンクリートの塊が突き出ているような部分を避け、時おり靴を砂や粉塵《ふんじん》の中へめり込ませながら斎藤は大まわりをして屋敷の裏庭に相当する平地におり立った。

「あれまあ。上の会社から、若いかたがおりてきなさった」台所と思える土間から庭へ出てきた初老の女が斎藤を見てそう言った。渋紙色の顔をしていて腰のいささか曲った和服の女だった。「あの人がおりてきたよ。節ちゃん」

女が叫んだので土間から節ちゃんと呼ばれた少女が駈《か》け出てきた。やはり和服姿であり、どうやらこの家の者はみな普段から和服を着ているようだ。

「あら。ほんと」十二、三歳かと思える赤い顔をしたその少女がくすくす笑った。

「お姉ちゃんに教えてあげなくちゃ」

また土間へ駈けこんでいく節ちゃんのうしろ姿をぼんやりと見送っていた斎藤に、初老の女が説明した。「うちの娘たちがさ、あんたがあの壁の隙間《すきま》からいつもこっちを見ていなさるもんで、あれこれとあんたの噂《うわさ》をしておりましてさ。まあ、お入りなさいまし」

土間からは広い板の間にあがることができ、その奥が茶の間らしい畳の間だ。板の間からは三方へ座敷のつらなりが続いているようだった。隅には幅の広い階段もある。靴を脱ぐのが面倒なので、斎藤はあがり框《がまち》に腰かけた。

「今の女の子はあなたの娘さんですか」板の間で茶を淹《い》れてくれている女に斎藤は訊ねた。

「まさか。孫ですよ。わたしの娘は亭主といっしょに銀能町で爆撃されて死んでしまいましてね」

「お千代さん。白い糸ない」節ちゃんといった少女に手をひかれ、そう言いながら

十八、九と思える娘が奥から出てきた。
「時ざん。このひと、おりてきましたよ」千代さんが娘にそう言って笑った。「ほら。この人でしょ」

「あらあ。やっぱり」娘は立ちどまり、顔を赤らめることなくじっと斎藤を見つめた。もともと色が白いようで、節ちゃんと並んでもさほど背が変わらぬほど小柄だった。彼女もやはりきもの姿だった。きっぱりした口調で、彼女は訊ねた。「あの会社へ、最近入ったの」

「そうです」

白い糸を捜しはじめたお千代さんにかわって、時さんというその娘が茶を淹れてくれた。彼女は無口だった。斎藤も黙っていた。節ちゃんだけが横でくすくす笑い続けていた。姉ちゃんと呼んでいるくせに、時さんと節ちゃんはちっとも似ていなかった。

「ここの奥さんも、時さんを残して爆撃で亡《な》くなりましてなあ」時さんと節ちゃんが奥の間に消えてのち、お千代さんがそう説明した。

つまりこういうことだ。この家の主人とその妻の間にできた子が時さんであり、

「奥さん」が爆撃で死んだのは時さんが八つのとき。使用人であったお千代さんは二歳で両親を失った孫の節ちゃんをこの屋敷へひきとらせてもらい、姉妹のようにして時さんといっしょに育ててきたのである。

「ここのご主人は、それなら、まだこのお屋敷にいらっしゃるんですか」

「たいていはお出かけですがね。月に一度くらいお客さまといっしょにお戻りになって、二階の座敷で宴会をなさいます」

奥の間から直径四十センチほどの赤いビニール・ボールを持って節ちゃんが駈け出てきた。「斎藤さん。遊ぼう」

斎藤はその夜、自分の下宿へ帰ってから時さんのことを思い出して今さらのように驚いた。美しさが輝くばかりであり、ただごとではなかったことにやっと気がついたのだ。彼女のことが忘れられなくなるな。斎藤はそう予感した。

彼はそれからたびたび、地下の屋敷を訪れた。表にまわって玄関から入ろうとしたこともあったが、その部分は土砂に埋もれていた。大きなガラスの格子戸《こうしど》の横の「水尾」と書かれた表札の下までが埋まっていて、戸は開かなかった。

「ご主人はお二階の縁側から帰ってくるのよ」と、節ちゃんが教えてくれた。

水尾家を訪れた斎藤が遊ぶ相手はいつも節ちゃんであり、遊ぶ場所はいつも板の間かその奥の茶の間だった。時さんはさらに奥の間にいることが多く、逢《あ》う機会は少なかった。それでも時おり茶の間へ出てきて、相撲をとって遊んでいる斎藤と節ちゃんの中に加わって相撲のようなことをしてふざけたりすることもあったが、すぐまた奥へ行ってしまうのだった。三カ月ほど経つと時さんは滅多に姿を見せなくなった。

「時さん、このごろ見かけないけど、どうかしたの」心配して、斎藤はお千代さんに訊ねた。

「どうもしないよ」お千代さんはくすくす笑った。「時さんはあんたが好きらしくてさ、あんたがくると恥かしがって、かくれるのさ。あんたは気がついていないけど、あんたと節ちゃんがふざけてる時なんか、ときどき襖《ふすま》をあけて見ていることがあるんだよ」

「ぼくと節ちゃんが仲よくしてるので、怒ってるのだろうか」

「まさか」また笑った。「時さんはいつもあんなふうでさ、ふてくされたような顔をしていることがよくあるよ」

一度だけだったが、斎藤は時さんとふたりきりになったことがあった。ある日、襖を次つぎに開けて奥の間へ、奥の間へと逃げる節ちゃんを追っていくと、玄関の間からのつながりと思える広い板の間へ出て、そこに時さんが立っていた。大階段があり、時さんはその大階段からおりてきたばかりのようであった。

「ここにも階段があるのかあ」

斎藤が階段の上を見あげていると、時さんが傍から言った。

「二階の座敷、見ますか」

彼の返事も訊《き》かず、時さんはさきに立って階段をのぼりはじめた。斎藤もそのあとに続いた。節ちゃんがついてこないので、あれ、と思って振り返ると、彼女は階段の下に立ち、にこにこ笑いながら、例のボールをかかえて斎藤を見あげていた。雇い人の子だから、二階へあがるのを禁じられているのかな、と、斎藤は思った。

二階にあがるとすぐ、そこは三方を回廊にかこまれた二十数畳の大広間だった。今は机も座布団《ざぶとん》も出ていず、何もなくてがらんとしていたが、大きな床の間の山水の掛軸はそれ一幅のみで世界を描いたかに見えるみごとなものだ。時さんは回廊に出るとガラス戸を開けて戸外を見た。斎藤もその横に立った。

「ななめに太陽の光が上からいっぱい射しこんでくるでしょう」と、時さんはいった。「ここにいると、陽に焼けるくらいなんですよ」

「でも、君は陽に焼けていないね」斎藤がそう言うと、時さんは黙って座敷に戻った。おや。自分が色白であることを気にしているのかな。そう思い、斎藤は時さんを追った。「気を悪くしたの」

むしろ怒りに似た眼で、時さんは斎藤を振り返り、彼の眼を見つめたままで激しく言った。「いいえ。気を悪くしたりしません。何を言ってもいいんです。そういうところも含めてわたしはあなたが全部、好きなんですから。言われたことでいちいち気を悪くしたり怒ったりするなんて、本当に好きじゃないからです」

ほとんどいっ気にそう言ってしまうと、それだけでもう疲れ果てたような様子になり、時さんは何もない大広間の畳の上へ仰向《あおむ》けに横たわってしまった。斎藤はとまどった。いったい、どういう気でいるんだろう。疲れやすい体質なんだろうか。裾《すそ》の短いきものを着ているため、時さんが横たわるとその裾が少し乱れた。そういえば、時おり節ちゃんと奥の間を覗《のぞ》けば、時さんが同様の恰《かっ》好《こう》で横たわっていることがしばしばあったような気もするのだ。時には足を柱にかけていて、裾がもっと乱れていたようにも思われる。

「椿《つばき》さん、って知っていますか」眠たげな声で、時さんが訊ねた。

椿というのは会社でしばしばその名が話題にのぼる男だった。今は数人の仲間とインドへ盗掘に出かけているが、斎藤の先輩格であり、グループ内でもいちばん腕のある、しかも利口な男という評判である。

「逢ったことはまだ、ないけど」と、斎藤は言った。「椿さんがここへ来たこと、あるのかい」

時さんは何も言わなかった。当然、逢ったことがあるのだろう、と、斎藤は思った。その椿を、時さんはいったいどう思っているのだろう。好きなのだろうか。椿はどうなのだろう。

その日から、斎藤が時さんと顔をあわせることはほとんどなくなってしまった。時さんが滅多に出てこなくなったからだ。大広間での会話を斎藤は何度も反芻《はんすう》し、心を慰めた。これが甘い思い出だけになってしまうのだろうか、などと考え、心配でもあった。椿と時さんとのことも気にかかった。節ちゃんがそばにいないある時、彼は椿のことをお千代さんに訊ねてみた。

「ああ、椿さんかね。そろそろ帰って来なさる頃だね」お千代さんが顔を曇らせた。

「ええ。ここへ何度かおりて来なさいましたよ。時さんを気に入ってねえ。お嫁さんにほしい、などとおっしゃっておいでだったけど、さあ、そのことを旦那《だんな》さまに話されたのかしらねえ。どうなってるのかねえ。時さんの気持ってのも、わたしにはよくわからなくてねえ」

椿たちのグループが戦果をあげてインドから戻ってきたのは、その翌日である。

2

香港《ホンコン》の旧市街図と最新の図面を見比べるうち斎藤は、都心部の銀行の地下にある金庫がまだそのままに埋もれていて、少なくとも一年ほど前まではその附近の復興や再開発がほとんどなされていないことを発見した。貸金庫の中の財貨などがいまだ眠り続けている筈《はず》であることを、斎藤は兼松に報告した。数日後、さっそく盗掘のための会議が、会社のいちばん奥まった部分にある秘密の会議室で開かれた。盗掘団のリーダーが椿と決定し、斎藤自身も加わることになった。グループの者はほとんどがインドから戻ったばかりの連中であり、すべて椿の腹心のヴェテラン揃《ぞろ》いだった。

椿は精悍《せいかん》そうな色黒の男で、怜悧《れいり》そうな眼をしていた。席上、兼松が斎藤に呼びかけると、椿はその眼を斎藤に向けるなり決めつけるように言った。

「お前が斎藤か」

戻ってすぐ水尾の屋敷へ赴いたらしく、斎藤の名も聞かされてきたようであった。斎藤はそれが気になり、よけいな悶着《もんちゃく》を起さぬためにも水尾家へおりていくことを控えていたのだが、椿は以後斎藤に対してなんのこだわりもないようであり、最初の、品定めするような眼を向けることも二度となかった。椿を恐れているように時さんから思われるのがいやで、斎藤はしばらくしてから、香港へ出発するまでの間に三度、またしても水尾邸に赴いてみたのだが、あいかわらず時さんは姿を見せなかった。

出発が近くなると、香港行きには加わらない一年先輩の国木田だけが斎藤に、気を配るべきことがらをいろいろと教えてくれた。

「椿には気をつけろ」

ひとことだけだが、そう言った国木田のことばが耳に残った。彼は何かを勘づいているのかもしれなかったが、問い返してもそれ以上、国木田が何も言わないであろうことはわかっていた。

一週間ほどのち、椿をリーダーとする盗掘団は香港にいた。発掘地点の調査にはそれからさらに一週間を要した。問題の地点のみは地表から半階分陥没して廃墟《はいきょ》のままだった。金庫はさらにその下であり、発掘には爆破を必要とした。しかしすぐ隣りが巨大な闇《やみ》のマーケットになっていて、昼夜の別なく常に屋台店や買物客でごった返していた。いかに香港の治安が悪いといっても、市場のすぐ傍で爆発が起れば大騒ぎになってしまい、盗掘を続けることは不可能となる。メンバーの六人はさまざまに策を練った。二科《にしな》という男と斎藤とが交代で、市場にもっとも人が少なくなる時間を調査することになった。

下町の安ホテルに滞在中、六人は椿を中心にしてしばしば夜の町へとくり出した。香港の下町は香港史上に例がないほど、今や百鬼夜行の迷路と化していたが、六人は刺戟《しげき》を求めて奥へ奥へと探索の足を向けた。とびきりの美女ばかりを集めた淫売《いんばい》宿《やど》もあれば、えたいの知れぬ珍味や美酒を出す店もあった。やたらに高価な「不死酒」と書かれた酒瓶を二科が発見したのはそんな店の一軒の、棚のいちばん隅であった。

「おい親爺《おやじ》」二科から耳打ちされ、椿が中国人の店主に訊《たず》ねた。「その酒はなんだ。値札の通りだとすると、やたらに高いじゃないか」

「これは高い」と、親爺は言った。「これひと瓶しかないからな。この酒呑《の》むと、死なない」

一同は大笑いした。

「だって、殺されたらやっぱり、死ぬだろうが」と、二科が言った。「五体ばらばらになったら、死ぬだろう」

「死んでも、死なない」笑いもせず、親爺はそう主張した。「五体ばらばらになっても、死なない」

「レッテル通りかどうか、試してみようじゃないか」

他の者が口ぐちに隊長よせよせ金の無駄遣いだととどめるのもかまわず、椿は大枚一万二千元を払って「不死酒」を瓶ごと買い、六人はそれをわけて呑んだ。薬のような芳香の強い、しかし美味なる酒であり、その上相当に強いらしくて六人は小さなグラスにたった二杯ずつながら酔っぱらった。

さらにその店で雑多に各種の酒を呷《あお》り、へべれけとなった六人は店の外の雑踏へ出た。ひとりがジプシー占いの小屋を指さして言った。

「おい。仕事がうまくいくかどうか、占ってみようじゃないか」

「よせよせ。仕事の内容を悟られちゃまずいよ」と、二科が言った。

「まさかこの辺のやつが警察に密告したりはせんだろう」椿が笑った。「よし。さっきの酒で、ほんとに死なねえからだになったのかどうか、全員を占わせようぜ」

布で四周を囲っただけの占い小屋に六人が入ると、それだけでいっぱいになった。ジプシーの婆《ばあ》さんは不機嫌そうに六人を見まわした。「日本人かい。本当のことを教えてやるんだからね。気を悪くするのなら最初からやめた方がいいよ」

「明日死ぬ、と言われたって怒らないよ」と、椿は言った。

六人は笑った。

皆から押し出されて、斎藤は最初に婆さんの前へ腰をかけた。お定まりの水晶玉を覗きこんで、婆さんはぎくりとした。

「どうしたんだ」斎藤は笑いながら訊ねた。「やっぱり死ぬのかい」

「もうすぐ死ぬよ」婆さんはぶっきら棒に言った。「だけど、死なない」

「何だよそれは」全員が気味悪げに顔を見あわせる。

「そう出てるんだからしかたがないさ。それ以上のことはわからない。不服ならお代はいらないよ」

　次に二科が婆さんの前に腰をおろした。

「あんたも同じだ。このひとと一緒だよ」二科を占ってそう言ってから、婆さんは全員の顔を睨《ね》めまわした。「どうやらあんたたちみな、悪魔かなんかの呪《のろ》いにかかってるようだね。あるいは中国妖術《ようじゅつ》かい。あんたたちの誰を占っても、みんな同じことだろうよ。冷やかしにきたんだね。さあ。みんな出ていっとくれ。すぐに出ていっとくれ。お金はいらないから」

　翌日になれば、六人とも「不死酒」を呑んだことやジプシー婆《ばばあ》の占いのことなどは忘れていた。リーダーの椿が、次の日の早朝五時に爆破を決行すると定《き》めたからだ。作戦のヒントになったのは、椿と二科が昼過ぎに町なかを歩いていて目撃した、爆弾によるテロ事件であった。香港では毎日のように反政府運動の過激派が騒ぎを起していたのだった。

「奴《やつ》らは何人かが群衆の中にまぎれこみ、ばらばらに散らばって政府高官の車が通るのを待っていた」ホテルの自分の部屋へ集めた部下五人に、椿は説明した。「まず最初、いちばん遠くにいるやつが『爆弾《ツアタン》だ。爆弾《ツアタン》だ』と叫びながら、盛大に煙の出ている炸榴弾《さくりゅうだん》を手にして走り出した。警戒していた兵士と警官がその男の方へ駈《か》けつけると、男は炸榴弾を抛《ほう》り投げ、次の男がこれを捕捉《ほそく》する。次つぎと炸榴弾は別の男の手に渡って、最後の男が通り過ぎようとしている車の前へ投げ出した。あいにく炸榴弾は、その高官の乗った車が通過してから爆発したので、誰も死ななかった」

「受け渡しが早過ぎたわけだ」と、二科が補足する。「しかし炸榴弾の持ち主がころころ変わったために、兵隊や警官は目標を見失い、逮捕者はひとりもなし」

「わしら、それと同じことをやるのかい」いちばん年嵩《としかさ》の泉が眼を丸くした。「危険過ぎねえか」

「なぜだい。安全じゃないか」椿が言う。「状況の違いを考えろ。兵隊や警官が闇市場なんぞへやってくる可能性はない。爆発が起ったあとで調べにやってくることもない」

「今日の爆発だって、怪我人《けがにん》がいないとわかって、それきりだったものな」と、二科は言った。「それに奴ら、制服のままであの地区へくるといつもひどい目にあうんだよ」

「つまり、おれたちがわざと爆弾騒ぎを起すのは、ただ闇市場の連中や、前の通りを歩いている連中を追いはらうためだけの作戦なのだ」椿はうなずいた。「その間におれたちが地下の金庫室へもぐりこむ」

「いやいや。そういうことはわかっているんだがね」泉は眼を丸くしたままだ。「煙を噴いた炸榴弾ってことは、つまり、信管をすでに抜いとるわけだろ。そういうものでキャッチ・ボールをやるってのがどうもねえ」

「おっかないかね」軽蔑《けいべつ》するように、椿は笑う。「落っことしたぐらいじゃ爆発はしないぜ。それに、盛大に煙を噴いてないことには、誰も逃げないだろうが」

「爆発までには充分時間がある」発案者のひとりとしてサブ・リーダー的に二科が泉を説得した。「最後の者はただ、爆破地点に炸榴弾を置いて逃げるだけなんだ。通過する車を爆破するんじゃないんだから、タイミングをはかる必要はない」

泉がやっと納得したので、打ちあわせは現場での段取りに移った。椿が説明する。

「知っての通り、闇市場の北と東が道路からの入口になっている。もともと大きな建物の一階だったところで、ここも約一メートル陥没している。西と南は瓦礫《がれき》でふさがっているが、南側の瓦礫はすぐに崩れて、隣りの銀行だった建物の廃墟、つまり爆破地点に入ることができる。爆破させるところは金庫室の真上にあたるところで、ここはどうやら金庫室へ降りていく階段のあった保安室らしい。道路に面して鉄格子《てつごうし》入りの大きな窓があるが、一メートル半陥没しているから、外を眺めても通行人の足が見えるだけだ。さて、闇市場にいちばん人が少なくなるのは朝がたの五時だ。それでも商人や客が百人ぐらいはいる。泉と二科は少し早めに出かけて、建物の境の瓦礫をとり除く作業をやり、通行可能にしておく。市場の中ではみんな商売に夢中だから、そんなこと、誰も気にする者はいない。午前五時きっかり、おれが炸榴弾のピンを抜いて『爆弾《ツアタン》だ。爆弾《ツアタン》だ』と叫びながら北の入口から駈けこんでくる。昨日あったばかりの事件だから、誰だって憶《おぼ》えている筈だ。商人と客はまず東の道路へ逃げ出すだろう。市場の中央部北寄りには泉がいて、おれの投げた炸榴弾を受けとめる。『爆弾《ツアタン》だ。爆弾《ツアタン》だ』と叫んで泉は南へ走り、瓦礫にあけた通路の手前にいる二科に抛り投げる。以後、商人や客は北の出口に殺到する。二科は炸榴弾を持って瓦礫にあいた通路を抜け、斎藤に渡す。斎藤は炸榴弾を持って廊下をさらに南へ、少しだけ走って左手の保安室に入り、中央部の床に炸榴弾をころがして戻ってくる。しばらくして爆発が起るが、その頃には市場にはもう誰もいるまいから、あとの二人が北の入口から掘鑿《くっさく》用具をかつぎこんでくる。これを保安室に運びこんだ上で、瓦礫をもとに戻し、通路をふさいでしまう」

おれがアンカーか。そう思い、斎藤はいやな予感がした。おれが炸榴弾を握っている間に爆発するよう、椿が早めにピンを抜いておく、などといった企《たくら》みがあり得るだろうか。いやいや。そんなことはあり得ない。斎藤はけんめいに自分を安心させようとする。おれに炸榴弾を直接手渡すのは二科であり、二科は椿の片腕なのだ。自分の一の子分まで巻きぞえにしかねない危険な企てを椿がする筈はないだろう。「闇ルートで入手した例の炸榴弾の爆発力をテストする機会はなかった」要心深い泉がそう言った。「まさか、銀行とその隣りの、あの半壊したままの建物全体が完全に崩壊する、なんてことはないだろうね」

そこまでは椿にも確言できぬようであった。「さあね」と、彼は沈鬱《ちんうつ》な表情で言った。「そうならないことを祈るしかないな」

翌朝の五時前、斎藤は闇市場との境に開かれた、洞窟《どうくつ》のような通路の銀行側に立ち、待機していた。通路の彼方《かなた》には二科がいた。闇市の騒音が連続して聞こえていた。陥没している銀行の建物の上部から隙間《すきま》を通して射《さ》しこんでくる光は陽光ではなく、ひと晩中明りの絶えない繁華街からの灯火である。隙間とはいうもののいずれも人間が通れるような大きさのものではなく、斎藤のいる場所から闇市場を抜けずに外へ出られる方法はない。何かことが起った場合、斎藤は袋の鼠《ねずみ》だった。午前五時は、たちまちやってきた。

闇市場内に騒ぎが起った。椿の叫び声が聞こえた。次いで泉の叫び声。炸榴弾が椿の手から泉の手へと投げ渡されたに違いなかった。斎藤は身構えた。闇市場の中の人間を全部追い出すためには炸榴弾の連繋《れんけい》はゆっくり行われる必要があった。二科の手に渡ったようであった。二科から斎藤に炸榴弾が抛り投げられることはない。二科は炸榴弾を握ったままで洞窟のような通路を抜けねばならないのだ。通路から二科の頭があらわれた。あたりはもう静かになっていた。噴煙のはげしい炸榴弾を斎藤は受けとった。昨夜重さを試すために手にした時よりもずっしりと重く感じられた。何十人もの人間を殺傷できる能力にふさわしい重さだった。斎藤は銀行の通路を数メートル奥へ走り、左側の保安室に入った。瓦礫を越えて部屋の中央に達し、床に炸榴弾を置いた時、ががらと勢いよく鉄柵《てっさく》が閉まるような音がし、斎藤は振り返った。保安室の入口は瓦礫のために見えなかった。斎藤は入口にとって返した。保安室の入口は上部からおりてきたものらしい鉄格子で閉ざされていた。もとからそこに設置されていたものらしい鉄格子だった。

二科の仕わざに違いなかった。ここに鉄格子が隠されていることを事前の下調べで発見して、おそらくは、ボタンをひとつ押すだけで保安室内に確実に斎藤を閉じこめることができるよう、鉄格子の滑らかな落下を何度も試みたのであったろう。もちろん椿の指図でもあるのだろう。他の連中も陰謀に加担したのだろうか。昨夜の泉のあの要心深さは。してみるとあれも芝居だったのか。

斎藤は部屋の中央部に引き返した。炸榴弾をつかみあげ、入口に戻り、鉄格子の間からその手を突き出して炸榴弾を闇市場の方向へできる限り強く抛り投げた。炸榴弾の炸裂効果を考えれば、それぐらいのことでとても命が助かるとは思えなかった。ふたたび部屋のいちばん奥に駈けこんだ。昔の手榴弾の二、三十倍もある炸榴弾の破壊力から逃がれるには、どうしても建物の外に出なければならなかったが、保安室の奥の大きな窓にはやはり鉄格子が嵌《は》めこまれていた。床から数十センチの高さの窓框《まどがまち》に乗り、斎藤は両手で鉄格子を握りしめた。眼の高さに繁華街の道路があった。爆弾騒ぎで路上に通行人の足は見られなかった。斎藤は憧《あこが》れるように道路を凝視した。時さんのことを思った。

爆発が起った。背後の、廊下との境の壁が砕けた。壁であったコンクリートが斎藤の背中に襲いかかり、彼を鉄格子に叩《たた》きつけた。自分の内臓が破裂する音を斎藤は聞いた。同時に、頭上から落下してきたコンクリート塊が斎藤の頭蓋《ずがい》を砕いた。

土砂の粉塵《ふんじん》による土けむり。瓦礫の堆積《たいせき》。その内側からコンクリートの破片を掻《か》きわけて斎藤の手があらわれる。彼の二本の手は瓦礫を左右に押しわける。斎藤の顔。次いで上半身があらわれる。斎藤の頭部は血まみれだ。もうそれ以上、全身をさらけ出そうという気にはならず、彼はだらりと両手を左右に投げ出す。

おれは死んでいるのだな、と、斎藤は思う。それは自分でもはっきりとわかっていた。自分のからだのどの部分を意識しようが生体らしさが感じられないからだ。しかしおれは一方において、生きているのだ。斎藤はジプシー女の占い師の予言通りになったことを思い、では、椿や二科たちも死んだのだろうかと考える。ジプシー女は全員が同じ運命をたどるとは言わなかっただろうか。彼らもおれと同様、死にながらも生きているのか。

無為な時間の経過。周囲はコンクリートの大小の塊で満ちている。道路との境の窓もなくなってしまったらしく、ねじれた鉄格子が破片の中から突き出ていて、堆積の僅《わず》かな隙間から陽光が射しこんでくるのみ。繁華街に騒音が戻り、爆発に驚いて騒いでいる声も聞こえてくる。だが住民はこの破壊のあと片附《かたづ》けをしようとはしないだろう。必要に応じて僅かな土砂をとり除き、店を出すだけなのだ。それが彼らのやりかただった。

銀行の建物は新たに崩壊したものの、まだ外郭や内部の一部は建ったままのようである。天井らしき平面が真上はるかに存在していた。隣りの建物も崩壊したのだろうか。きっとそうだろうな、と、斎藤は思う。少なくとも通路のあたりにいた筈《はず》の二科は死んだであろう。では椿は。泉は。

保安室の入口の鉄格子も吹っとんでしまっていたらしく、椿を先頭にして、泉や二科が入ってきた。彼らは横たわっている斎藤には眼もくれず、工具で瓦礫を掻きわけ、地下への掘鑿場所を求めて床のあちこちを調べはじめた。彼らは彼ら同士の間においても無言であり、声をかけあうことはほとんどないようであった。斎藤も黙っていた。今さら恨みごとを言ってもはじまらないし、なんとなく彼ら同様自分には声を出せないのではないかという気がしていたのだ。斎藤は横たわったままであり、彼らが斎藤に手伝いを求めることもなかった。どうせ手伝う気はないだろうからと決めてかかっているようでもあり、それ以前に、そもそも斎藤を自分たちの仲間にあらずとして無視しているようでもあった。

彼ら五人が死んだままで生きているのかどうかはわからなかった。二科のみは、頭蓋の後部が欠け、ぱっくりと口を開けたように見えるところから、おそらく死んでいるのであろうとは思えたが、あとの四人については、血の気のない顔をしていて身体《からだ》のいずれかを負傷しているのみであり、生死は不明であった。しかし、完全に生きているのならもっと生者らしい行動や反応を示す筈と思われ、やはり死んでいるのだと判断するしかなさそうだった。

小さな爆破を仕掛けたりドリルを使ったりした結果、地下の金庫室への通路ができたらしく、彼らの動きが活潑《かっぱつ》になった。しかし彼らはあいかわらず無言のままで作業を続けていた。死んでいる以上、他人への興味を失ってしまい、ただ自分がやりかけていた仕事と財貨への執念だけが彼らを衝《つ》き動かしているのかもしれなかった。

斎藤にはそのような執念はなかった。ただ、怨恨《えんこん》が残っていた。自分を時さんに二度と会えなくした彼らへの怨恨は、しかし、口で言うだけでおさまるものではなく、どうせ言うだけ無駄であり、だから沈黙していたのだった。

やがて斎藤に肉体の腐敗が訪れた。斎藤は自分の口腔《こうくう》内の腐蝕《ふしょく》を腐臭や甘ったるい血膿《ちうみ》の味とともに感じた。その腐蝕が口の周囲に拡がり、唇やその左右の頰の筋肉が腐蝕し、崩れ、剝落《はくらく》していくのを斎藤は自覚することができた。自分の顔面がどのような状態になっているかは、二科を見ればわかった。どうやら口腔の中というのがいちばん早く腐りはじめるらしく、二科もまた、唇や頰を欠落させていて、常にかっと大きく真紅の口を開いたような顔面と化していたからであった。

この男が直接手を下しておれを死に追いこんだのだ。そう思い、斎藤は自分に対して許しも乞《こ》わず、平然としているかに見える二科に腹を立てていた。二科が傍らを通りかかった際、いちどだけ斎藤は瓦礫の中から片足を引き抜いて彼を突き転ばし、もし転倒したら首を締めてやろうとたくらんだことがあった。二科は斎藤の意図に気がつくと、転びそうになりながらその腐敗して血まみれの真紅の口腔を大きく開いた。

「ぐわお」

咆哮《ほうこう》のような声を、はじめて二科が発し、斎藤に嚙《か》みつこうとした。斎藤は、自分の口腔もそうなっていることを知りながら、血膿だらけの二科の口におぞ気《け》をふるい、大あわてで彼を遠くへ蹴《け》りとばしたのだった。

椿への恨みは、不思議にも、あまり湧《わ》かなかった。椿こそがそもそも自分を死者にした元兇《げんきょう》であるにかかわらず、そこが死者の単純さなのであろうか、手を下した二科への怒りに似た感情は稀薄《きはく》だった。彼をおそれているということもあっただろう。だがおそらくそれは、まず第一に椿もまた死んでいて、時さんには会えないのだという思いがあったため、強い嫉妬《しっと》を起すには到《いた》らなかったのだ。

すでに金庫が開いているらしく、彼らは工具と共に、財貨らしき革袋などを運び出しはじめていた。どこへ運んでいるのか。それともただ運び出す作業のみ演じ続けているだけなのか。その作業は無限と思えるほどの時間、えんえんと続けられた。

いつか十年以上の時間が流れていた。

3

各都市は復興して、戦前の繁栄を、ほぼとり戻した。

盗掘はもはや不可能となり、兼松は盗掘団を解散して新たに建設会社を興した。都心からややはずれた町なかに五階建てのビルを新築して社長におさまり、そこにはかつての盗掘団の仲間数人も、今は社員として勤めていた。国木田もそのひとりであり、いまや設計部長であった。

たまにふたりきりで呑《の》むときがあり、そんな折しばしば兼松と国木田は、十数年前に香港《ホンコン》へ盗掘に出かけたままついに戻らなかったあの六人の仲間の噂《うわさ》をするのだった。

「ひとり、入ったばかりの若いやつがいただろう。斎藤とかいったな」

「そうそう。斎藤。あいつは、例の地下にあった屋敷の娘と仲良くなったために、あの娘と結婚しようとしていた椿から憎まれましてね」

「あの、壁の隙間から見えた、地下十メートルくらいにあった屋敷だろう。あの屋敷は、あれからどうなったかな」

「おれたちがあのビルを出てから、どうなったんでしょうね。このあいだ通りかかったら、新しいビルが建ってましたけど」

「気になるなあ」兼松は嘆息する。「あの六人のことだ。斎藤と椿の喧嘩《けんか》から、仲間割れでも起して殺しあったんだろうか」

「連中、それほど馬鹿《ばか》じゃなかった筈ですよ」と、国木田が否定する。「だいいち、それだったら、六人もいたんですから、誰かひとりくらいは生き残って、報告に戻ってきた筈です」

「実はおれは、あれから何度も仕事で香港に出かけた。建築の方の仕事だがね」と、兼松は打ち明けた。「だけど例の現場の近くへは、気になっていながらも、一度も足を向けなかった。忙がしさにとりまぎれてしまってね。たまに思い出しても、何かこの、不吉な、忌《いま》わしい気分になって」

「そう言やあ、連中が行方不明になってから、彼らの泊っていたホテルへ問いあわせたものかどうかと、だいぶ考えて悩みましたね。相談した時のこと、憶《おぼ》えてるでしょう」

「うん。もし盗掘で香港警察に逮捕されていたのなら、こっちにまで累《るい》が及んだろうからな。しかし今まで音信不通ということは、逮捕なんかされてなかったんだよきっと。彼らの手口の巧妙さや、現場周辺の当時のありさまから考えても、あり得んことだ」

「じゃ、いったいどうしたんでしょう。彼らのこと、実はわたし、時おり夢に見るんですがねえ」

「おれもだよ。どうしたんだろうなあ」

ふたりはしばらく考えこみ、やがて兼松が顔をあげ、すぐに国木田も顔をあげた。

「仕事が今日で一段落したわけだし、君は今度の土曜、日曜、あいてるか」

「行きますか。香港」国木田は眼を光らせた。「行くのが遅すぎたようだけど、行けば何かがわかるでしょう」

「わからなくても、自分を納得させることはできるさ。君は盗掘現場だったあの銀行あたりの地図を持っていたな」

「提案者の斎藤の席が隣りでしたからね。じゃ、彼らが宿泊したホテル、まだ営業しているかどうか調べて予約しておきましょう。ホテルでも、何かわかるかもしれません」

三日のちの夕刻、兼松と国木田は香港の下町、かの盗掘地点であった銀行跡のある繁華街の通りを歩いていた。

ホテルでは、何もわからなかった。混乱が続いていた十年以上も昔の、ホテルの建物が近代的に建て替えられる前の宿帳などとっくに失われていたし、椿たち六人のことを記憶している従業員もいなかったのだ。

廃墟《はいきょ》の中にあった繁華街はすっかり様子が変わっていたが、やはり下町は下町であり、一階建て、二階建ての安っぽい商店が立ち並んでいた。それでも騒音と活気、夜ともなれば明るい照明で歓楽の巷《ちまた》の様相を呈し、かつての廃墟の痕跡《こんせき》はどこにも見られなかった。ところによっては三、四階建ての食堂ビルが数軒並んだりもしていた。

「どの店もみんな、一階が半分地階になっているな」と、兼松が言った。「どれもこれも、階段を五、六段おりてから一階に入るか、いったん階段で二階の入口にあがってから中に入って、一階へおりるようになっている。五軒のうち四軒がそうだ」

「爆撃で陥没した時の名残りでしょう。建物だけ陥没した例が多いようですから」

国木田が言う。「陥没したままの地面の上に家を建てたんですよ」

　人混みの中をふたりはしばらく歩きまわった。時おり地図を出して眺めたが、銀行跡は確定できなかった。

「道路は以前のままだと思うんですよね。あまり陥没しなかったから」国木田は地図と周囲を見比べながら路上に立ってそう言う。「あのかどからこっちへ二軒めだとすると、このあたりになるんですが」

「そこの、ヴィデオ・ショップのあたりだな」

「社長」国木田が立ちすくんだ。「あれをご覧なさい」

　そのヴィデオ・ショップはやはり一階が地下へ半分めり込んでいて、入口は右横の建物の中にあるらしく、壁面には矢印が電球で描かれて点滅していた。さらにその壁面には売り出し中のヴィデオを見せているいくつかのスクリーンや電飾看板が埋め込まれ、きらきらと明るい輝きを通りに撒いて点滅したりし続けていた。国木田が指さしたのは、全体に直径三センチくらいの穴が黒くパンチングされて、まるでカメラのレンズのようにガラスが埋め込まれ、装飾になっている壁面の一部であった。

「あの穴がどうかしたのか」

「あの穴のひとつから、誰かの眼がこっちを見ているでしょう」

「覗《のぞ》き穴になっているんだろ」

「ちょっと行って見てきます」国木田がヴィデオ・ショップに近づいて行った。

壁面の前で腰をかがめ、膝《ひざ》の高さにあるその穴をじっと見ていた国木田がうしろへ手をのばし、指さきをひらひらさせて兼松を招いた。兼松も国木田の隣りに立ち、穴を覗きこんだ。

「ほんとだ。この穴にだけはレンズが嵌《は》まっていないで、誰かがこっちを見ているな」

「この眼、おれたちをじっと見つめていますよ」

「うん。そのようだな」

「社長」国木田は上半身を少しのけぞらせて言った。「この眼に見憶《みおぼ》えがありませんか。これはあの、斎藤の眼ですよ」

兼松は思わず穴に眼を近づけた。斎藤の眼を思い出し、それが斎藤の眼に違いないと兼松は思った。あたりをはばかった低い声で、彼は眼に呼びかけた。「斎藤」

眼が、はげしくまたたいた。今ふたりに気がついたとでもいうように、眼球があわただしく二人を交互に見た。しかし、返事はなかった。

「泣いているようです」と、国木田が言った。

「閉じこめられているのかもしれん」兼松は言った。「よし。入って行ってみよう。入口はあっちらしい」

ふたりは大まわりをし、かどを折れて隣りの建物の北側の階段をあがり、二階に入った。雑居ビルらしく、いくつかの商店があり、隅には半地階ともいうべき一階への階段があった。

「おい。隠れろ」兼松が国木田の肩を押して衣料品店の中に入り、商品棚の陰に隠れて階段を覗き見た。

国木田も顔だけ出して階段のあたりを眺めた。

階段をあがってきたのは椿、二科、泉といった連中だった。それぞれが工具を手にし、革袋を持ったりもしていたが、その人数は五名であり、斎藤の姿はなかった。

彼らが北側の入口から出て行ってのち、兼松と国木田は顔を見あわせた。兼松が咄嗟《とっさ》に隠れて彼らをやりすごしたのは、彼ら五人の姿からまがまがしく忌わしい雰囲気を感じ取ったからであり、それは国木田とて同様であったらしく、彼が兼松に、なぜあの連中に声をかけなかったのかと問うことはなかった。

国木田はしばらく兼松を見つめてから、ゆっくりと言った。「斎藤がいませんでした」

兼松はうなずいた。「うん。いなかった」顎《あご》で階段をさし、彼は言った。「おりて行こう」

階段をおりると、一階は映画館であった。映画館前のホールには売店があるだけで、ヴィデオ・ショップへの通路はどこにもなかった。誰かに訊《たず》ねようにもふたりは中国語が不得手であり、売店の女も映画館の女たちも、とても英語など喋《しゃべ》れそうにない連中である。さらに方角を考えれば、ヴィデオ・ショップのあるべきところがその映画館の彼方《かなた》であるか、あるいはその一部なのだった。

「映画館に入ってみよう」と、兼松は言った。「あいつら、ここから出てきたとしか思えない」

入場料を払ってふたりは映画館に入った。休憩時間なのか、二百余の椅子《いす》が並ぶ客席は明るかったが、客はひとりもいず、彼らふたりだけだった。しかし彼らふたりが観覧席に入るなり、まるでふたりを待ちかねてでもいたかのように上映のブザーが鳴り、場内が暗くなった。兼松と国木田はとりあえず客席の中ほど、少し離れて思いおもいの場所に腰をおろした。

映画が始まった。画面には十年ほど前の香港の下町がモノクロで映し出された。ラモー風の音楽とともに、人でごった返すその繁華街の雑踏のシーンにダブって真紅のタイトル文字があらわれた。タイトルは「都市盗掘団」であった。

兼松は三列ほどななめうしろにいる国木田の方を振り返り、うなずきかけた。

「面白そうだな」

（「小説すばる」平成元年春季特大号）

解説

大槻ケンヂ

新潮社から筒井康隆自選ホラー傑作集の解説依頼がオレに来た。

「とととんでもない！　尊敬する筒井先生の解説なんてオレには無理っスよ」

あわてて断ったところ、「バカ！　お前に小難しい論評なんか頼むわけがねーじゃねーか。初めて筒井先生の本を手に取った若い読者が、立ち読みで済まさずちゃんと買う気になるようなことをヘロヘロ書きやがれコンチクショー！」とのことである。

なるほどそれならやってやらんでもない。

初めて筒井作品を手に取る若い読者……中高校生であろうか？　10代の頃に筒井作品に出会えるとはドラマティックな青春である。彼らの読書の歴史は筒井作品遭遇以前と以後に大きく二分されることであろう。筒井体験とはそれ程までにインパクトの大きな出来事であるのだから。言ってみればほらアレだ、映画「２００１年宇宙の旅」で、猿が初めて「道具」という概念と出会い、その後、宇宙にまで飛躍することとなるような、いやオーバーではなく、アレぐらいの事件ではあるのだ。って、若い読者に「2001年」なんて言っても古過ぎてわからんか？　スマン。ま、ともかく、少くともオレは筒井作品と出会って大きく変わってしまったのだ。

オレが初めて筒井作品と出会ったのは中学前後であった。この頃、読書好きの少年の間では、星新一の短編集を全《すべ》て読破した後、筒井康隆の小説へ移行するという流れが自然と出来上がっていた。誰が提唱した訳でもなく、自然と民族大移動のごとく、70年代の早熟な読書少年たちはこの、星→筒井、という順で本と親しみ、そしてその後はそれぞれ自分の好むジャンルを見つけて、読書を巡る冒険へと旅立っていったのだ。純文学へころぶ者もいたし、海外のSFを追っかける者もいた、なぜか少女漫画へ転向する者もいた。いずれにしても、星→筒井という、言わば基盤的読書体験によって培《つちか》われた読書力があったればこその、その後の読書の旅であったのだ。

オレの、星から筒井、への転換期は春であった。中学へあがる直前の春休み、部屋でゴロゴロと星新一の『白い服の男』を読んでいたところ、近所で大きな火事が発生した。「すごい！　この家のやつは丸こげだぜイエーイ！」と子供らしく盛り上がりまくったものだ。数日後、中学の入学式で前に並んだ同級生に先日の火事見物について面白おかしく語って聞かせ、フレンドリーを求めたのだ。ところが彼はオレの話を黙って聞き終ると、哀《かな》しい顔でポツンとこう言ったのだ。

「それ……僕の家だよ」

その同級生がSF好きであった。

やはり星新一を読んでいて、最近は筒井康隆を読んでいるという。筒井？ ああ新潮文庫と角川文庫で出ている赤い背表紙の作家か。何から読むべきなの？ 女エスパー火田七瀬のシリーズもいいけど、まずは短編からだね。なるほどそうかと早速書店へ行き、薦められるまま筒井の短編集を買って……、アレ？ いや、違うなあ、書いていて思い出してきたが、オレはそれより以前に筒井を読んでるぞ……なんだっけ……あ！ 思い出した。アレだ。エロ小説だ。

読書にも増して異性に対しても早熟だったその頃のオレは、ポルノ小説というものを読んでみたくて堪《た》まらず、しかしレジに持って行くのも恥ずかしくて堪まらず、そこで他の本とカバーを差し代えて店員に差し出すという必殺の荒技を思いつき、何度か試したことがあるのだ。ある時は小説版『さようならエマニエル夫人』と『刑事コロンボ 構想の死角』のカバーを差し代えたし、漫画ではあるが、『ブラック・ジャック』のカバーの中身を、永井豪の『けっこう仮面』にこっそり差し代えたこともあった。意外にこれがバレないのだ（マネすんなよ）。オレが初めて買った筒井作品も、そんな、一見マジメで中はエロ、な一冊になるはずであった。筒井の『にぎやかな未来』の表紙の中に、確か『O嬢の物語』を入れたのではなかったかと記憶する。無事レジを通過。桃色読書の一時を想《おも》い、ウッシウッシで、押し入れを改造した一畳半の勉強部屋で本を開けたところ、どこでどう取り間違えたのだろうか、なぜか中身も『にぎやかな未来』そのままであった。ずっこけてカポーン！　と壁に後頭部を強打したあの痛みをオレは一生忘れやしない。〝お楽しみ〟のために下半身はパンツ（白ブリーフ。母購入）一丁であったから、世の中にあんなダサイ読書少年も二人と居たものではない。

仕方がないので気をとり直し、もちろんズボンも履いて『にぎやかな未来』を読んでみたのである。

するとそれは、鼻から脳が飛び出るかと思うぐらい面白かった。

奇想天外であった。

阿鼻叫喚《あびきようかん》があった。

文章が、フリージャズのインプロビゼーションのごとく縦横無尽に飛び交い、一体どこできっかけを入れたのかまったくわからないままに、きちんとテーマに戻ってくる、その快感に酔いしれた。

大変だ！　天才だ！

本当に驚いてしまった。今ならネットで「大変だ！　天才だ！」とさまざまなHPのBBSに書き込むところだが、もちろんこの頃そんなものはない。興奮に突き動かされたオレがではどうしたかと言うと、「大変だ！　天才だ！」とつぶやきながら、家を飛び出て小一時間ぐらい近所を走り回ったのである。アホみたい、というよりアホそのものの行動ではあるが、筒井作品と少年の出会いとは、つまり少年に何らかの行動を起こさせる原動力に他ならないということだ。

オレは筒井作品に感化され、翌日から小説のマネゴトをジャポニカ学習帳にセッセと書き始めたし、毎日のように古本屋に行っては、そこにある筒井本を片っぱしから読んでいった。筒井が漫画も描いていたと知ってからは、ジャポニカ学習帳に著した自分の小説を、セッセとコミカライズもしていった。筒井作品の映画化を夢想し、ジャポニカにセッセとキャスティング表もつけていった。『俺の血は他人の血』の主役はアル・パチーノで決まりだ！　と思っていたら、すでに映画化され、主役が火野正平であったと知った時には、「そりゃちがうだろー」と再びカポーン！　とずっこけ頭を打った。

筒井作品は少年の中に眠っている創作という爆弾のごとき情念に、いともたやすく点火する危険な火種である。もし読者の中にクリエイティビティを実は持っている若者がいるなら気を付けた方がいい、容赦《ようしゃ》なく筒井は君のそれに火をつけて、君はその後一生、創作というやっかいな業《カルマ》と付き合っていかなければならなくなるのだから。筒井康隆によって知覚の扉を蹴破《けやぶ》られたなら最後、もう引き返すことはできないのだ。「大変だ！　天才だ！」の後、「オレも何かやらなければ！」との思いにいても立ってもいられなくなり、そして実際に、必ず君は何かを始めてしまうのだから。若いうちに読んだらその人生はめんどうだ。筒井は歳《とし》をとってから、90ぐらいで余命いくばくもないヨボヨボ末期に読むのが安全だ。

って、薦めてないじゃんオレ。

まあ、止めたって読むやつは読むだろう。

一応言っておくと、この短編集は筒井入門本としてのセレクトが完璧《かんぺき》だ。「走る取的」はジョン・カーペンターの「ハロウィン」を先取りする追っかけられホラーの金字塔だし、格闘技ファンからの視点で言えば、グレーシー柔術登場以前の、相撲最強幻想が見事に著されている点が貴重過ぎる。「乗越駅の刑罰」「懲戒の部屋」のアリ地獄的シュールレアリスムの恐しさたるやない。この2作を気に入った読者はP・K・ディックとか読むと好きかもよ。「ブレードランナー」の原作者ね。「熊《くま》の木本線」の狂い方こそが筒井の真骨頂。「顔面崩壊」「蟹甲癬《かにこうせん》」は、20数年前に読んだ時、あまりの気持ち悪さに読むのを断念したのを覚えている。今度こそはと読んでみたが、やっぱり最後まで読めませんでした(笑)。逆に中学時代は読み飛ばしてしまった「かくれんぼをした夜」は、大人になるとよくわかるシンミリとした味わい。オレは西武池袋線の中で人目もはばからず落涙してしまった。「近づいてくる時計」「風」「都市盗掘団」どれもこれもいい。

やっぱり買うべき一冊だ。若者よ今すぐレジへ走れ! カバー差し代えたりすんなよな。

(平成十四年九月、ロックミュージシャン)

「走る取的」
新潮社刊『メタモルフォセス群島』（昭和五十一年二月）、新潮文庫『メタモルフォセス群島』（昭和五十六年五月）に収録

「乗越駅の刑罰」
河出書房新社刊『将軍が目醒めた時』（昭和四十七年九月）、新潮文庫『将軍が目醒めた時』（昭和五十一年十二月）に収録

「懲戒の部屋」
早川書房刊『アルファルファ作戦』（昭和四十三年五月）、早川JA文庫『アルファルファ作戦』（昭和四十九年五月）、中央公論社『アルファルファ作戦』（昭和五十一年六月）、中公文庫『アルファルファ作戦』（昭和五十三年六月）に収録

「熊の木本線」
新潮社刊『おれに関する噂』（昭和四十九年六月）、新潮文庫『おれに関する噂』（昭和五十三年五月）に収録

「顔面崩壊」「蟹甲癬」
新潮社刊『宇宙衞生博覧會』（昭和五十四年十月）、新潮文庫『宇宙衞生博覧會』（昭和五十七年八月）に収録

「近づいてくる時計」
新潮社刊『最後の伝令』（平成五年一月）、新潮文庫『最後の伝令』（平成八年一月）に収録

「かくれんぼをした夜」
新潮社刊『エロチック街道』（昭和五十六年十月）、新潮文庫『エロチック街道』（昭和五十九年十月）に収録

「風」
新潮社刊『串刺し教授』（昭和六十年十二月）、新潮文庫『串刺し教授』（昭和六十三年十二月）に収録

「都市盗掘団」
新潮社刊『夜のコント・冬のコント』（平成二年四月）、新潮文庫『夜のコント・冬のコント』（平成六年十一月）に収録

筒井康隆著

狂気の沙汰も金次第

独自のアイディアと乾いた笑いで、狂気と幻想に満ちたユニークな世界を創造する著者のエッセイ集。すべて山藤章二のイラスト入り。

筒井康隆著

おれに関する噂

テレビが突然、おれのことを喋りはじめた。そして新聞が、週刊誌がおれの噂を書き立てる。黒い笑いと恐怖が狂気の世界へ誘う11編。

筒井康隆著

笑うな

タイム・マシンを発明して、直前に起った出来事を眺める「笑うな」など、ユニークな発想とブラックユーモアのショート・ショート集。

筒井康隆著

富豪刑事

キャデラックを乗り廻し、最高のハバナの葉巻をくわえた富豪刑事こと、神戸大助が難事件を解決してゆく。金を湯水のように使って。

筒井康隆著

エロチック街道

裸の美女の案内で、奇妙な洞窟の温泉を滑り落ちる……エロチックな夢を映し出す表題作ほか、「ジャズ大名」など変幻自在の全18編。

筒井康隆著

くたばれＰＴＡ

マスコミ、主婦連、ＰＴＡから俗悪の烙印を押された漫画家の怒りを描く表題作ほか現代を痛烈に風刺するショート・ショート全24編。

懲《ちよう》戒《かい》の部《へ》屋《や》

自選ホラー傑作集 1

新潮文庫　つ－4－41

平成十四年十一月一日発行
令和三年十二月二十五日九刷

著者　筒《つつ》井《い》康《やす》隆《たか》

発行者　佐藤隆信
発行所　株式会社　新潮社
郵便番号　一六二―八七一一
東京都新宿区矢来町七一
電話　編集部(〇三)三二六六―五四四〇
読者係(〇三)三二六六―五一一一
https://www.shinchosha.co.jp

印刷・大日本印刷株式会社　製本・加藤製本株式会社

ISBN978-4-10-117141-8 C0193